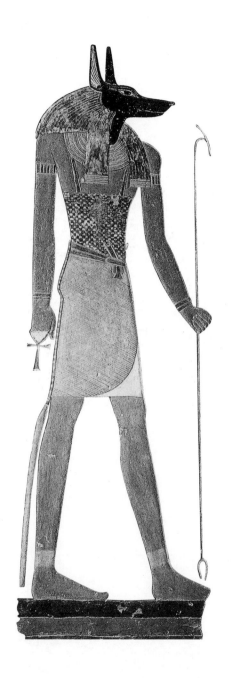

埃及神话

THE
EGYPTIAN MYTHS
A GUIDE TO THE ANCIENT GODS
AND LEGENDS

［英］加里·J. 肖（Garry J. Shaw）著

袁指挥 译

民主与建设出版社
·北京·

致 谢

非常感谢朱莉·佩特瑙德阅读和评论本书的各种草稿。我对于他们的支持也表示感谢：安德鲁·贝德纳尔斯基（大好人！）、玛吉·布赖森、亨宁·弗兰茨迈尔、坎贝尔·普赖斯、埃及探索协会、埃及美国研究中心以及 Thames &Hudson 出版社的优秀的编辑团队。我还特别感谢埃及探索学会的学生们，他们在我的课程——"众男女神灵和墓地的鬼怪：古代埃及的神话与宗教"中，见证了这本书的"现场表演"。他们的宝贵意见使我在写作过程中得以对此稿做出很多改进。

◂目 录▸

◀ 前 言 ▶

在我出生之前发生了什么？在我身边正在发生着什么？在我死后又会发生什么？就像今天的我们一样，埃及人也在寻找这些基本问题的答案；也像我们一样，他们在观察周围世界的基础上形成了理论。现在我们所称的"古埃及神话"，就是这些观察的结果。立足于神话，古埃及人形成了独一无二的世界观。

神话不仅仅是叙述英雄与诸神事迹的故事集，它提供一种理解世界的方式。天空中有一个大光球，每天早上升起来，在天空上巡游一天，然后沉入西方。这是什么？它去往何方？你也许会问，它是怎样移动的？在太阳里，不管你看到的是拉神乘着他的太阳船航行过天空，还是大量核反应把我们吸到它的周围，你正在观察的是同一种现象。不懂得粒子物理学的埃及人试图提升他们对宇宙的认识，他们只是得出了不同的结论而已。他们的解释有助于形成他们那独特的观念，塑造他们的体验，神话成为社会的支柱，成为一种针对冷漠现实的全方

鹰隼头的拉神乘着他的太阳船航行。

奥西里斯和伊西丝的儿子小荷鲁斯。

位文化过滤器。一旦生活为神话的观念形态的内在逻辑所浸染，它就变得更有意义了，秩序代替了混沌，控制取代了无助，知识战胜了无知。而有着猛烈沙漠风暴和致命蝎子的世界，就变得不那么可怕了。

古埃及的神话故事始终存在于人们的生活之中：它每天都在发生，无休止地重复着创造、毁灭和重生的循环，并卷入到诸神与人类的互动之网中。将这些故事安排为一种固定的叙述是没有任何必要的。每个人每天都是自己神话故事的主人公。作为人格化力量的诸神，出现在被造世界的每个角落。神话故事中的先例（precedent）可以被用来解释那些不寻常的事件，也可被用来解释发生在世俗生活中的普通事件，可以把个人与众神的世界联系起来。此外，通过援引神话事件，埃及人把他们自己与他们的神同一起来。一个头痛的人成为被母亲照顾的小荷鲁斯，孩子的母亲则成为伊西丝；在死亡中，死者在穿越来世之域时变成了各种神明，暂时获得了每个神的权力。在人们试图去解释自然世界、存在的挑战以及乐趣的时候，埃及的神话具有足够的弹性，可以嵌入到每个人的生活之中。神话及其中所详细描述的诸神的行为，回答了"为什么这发生在我身上？"这样的问题。先例给人带来安慰。

◀ 重建埃及神话 ▶

今天，埃及学家们所面对的是有关埃及神话的零散的、支离破碎的材料，这些材料从公元前 3050 年到公元 1 世纪的不同来源的资料中汇集而成。可以看出，"古埃及"涉及的时间跨度很长，在通常划定的时间段中已经超过 3000 年。由于难以确定事件的具体日期，埃及学家们倾向于不用公元前某某年的纪年法，而是用某个国王的统治、某个国王的王朝或某个国王统治的时期来表示年代。在公元前 3 世纪，埃及祭司马内托将埃及的君王统治划分为 30 个朝代（后来的写作者增加了第 31 个王朝）。尽管每个王朝都意味着有独特的统治世系（血统），但情况并非总是如此，因为马内托还使用重大事件来划分阶段，如第一个金字塔的建造或皇家居所的改变。现代埃及学家采用了马内托的

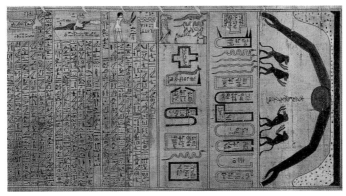

杜阿特（来世之域）的土堆。

王朝划分法，又把这些王朝归入一些较长的阶段。这些阶段划分的依据是，全国处于单一国王统治之下（早王朝时代、古王国时代、中王国时代、新王国时代和后埃及时代），还是处于王权分裂的情况（第一中间期、第二中间期和第三中间期）。"法老时代"的这些主要阶段之后是托勒密时代，此时马其顿－希腊出身的国王统治埃及，再后来是罗马时代。在这本书中，我遵循了这种埃及学上的断代惯例。

由于没有任何一种单一的资料可以干净利落地向我们解释古埃及人的神话，因此，埃及学家不得不从自遥远时代遗留下来的那些同样支离破碎的证据中拼凑神话的样貌。一些神话被记录在墓地或神庙内发现的纸草上，另外一些神话则在坟墓中放置的丧葬碑上被提及。一些资料的现代名称反映了它们最早出现的场合：《金字塔文》刻写在第5王朝末期以来的古王国时代的王家金字塔墙壁上；而从中王国时代起出现的《棺文》，则绘制棺木上，这些棺木用于埋葬那些能够承担得起这种奢侈品的人。自第二中间期末期以来，抄写在纸草卷和棺木上的《亡灵书》（埃及人称之为《进入光明之书》[*Book of Coming Forth by*

埃及年表

法老时代	早王朝时代	约公元前 3050—前 2660 年	第 1—2 王朝
	古王国时代	约公元前 2660—前 2190 年	第 3—6 王朝
	第一中间期	约公元前 2190—前 2066 年	第 7—11 王朝
	中王国时代	约公元前 2066—前 1780 年	第 11—12 王朝
	第二中间期	约公元前 1780—前 1549 年	第 13—17 王朝
	新王国时代	约公元前 1549—前 1069 年	第 18—20 王朝
	第三中间期	约公元前 1069—前 664 年	第 21—25 王朝
	后埃及时代	公元前 664—前 332 年	第 26—31 王朝
托勒密时代		公元前 332—前 30 年	
罗马时代		公元前 30—公元 395 年	

两土地

埃及是一个地形对比鲜明的国度：尼罗河从南向北流淌，在尼罗河谷中蜿蜒前行，两旁是一窄条可耕地；尼罗河流到古代孟菲斯（现代开罗附近），散开形成了一系列支流，造就了肥沃的三角洲。由于这种地形的巨大变化，埃及人将他们的国家分为上埃及（南部）和下埃及（北部）两部分，分别为孟菲斯南部的尼罗河谷和三角洲，他们还把他们的国家称为“两土地”。不同的王冠代表这个国家的不同部分，红冠代表下埃及，白冠代表上埃及，两个王冠合起来就是双冠，象征着国王对整个国家的统治。同样，埃及人也因被他们称之为“红土地”的贫瘠干燥的沙漠与称之为“黑土地”的可耕土壤之间的强烈对比而感到震撼。东、西方也有其意义：看着冉冉升起的太阳，埃及人把东方与新生命、重生联系在一起；而每天晚上太阳“死亡”的西方则成为死者的国度，这就是墓地常常建在尼罗河西岸的沙漠中的原因。

Day]），为死者提供了来世旅行指南，此后使用了一千多年。几乎在所有情况下，神话都是缩略版，或仅仅被隐晦地提及。有时候这是出于体统的原因：在丧葬纪念碑上，埃及人避而不谈奥西里斯的死亡，因为在陵墓环境中描述这种痛苦的事情，可能会伤害死者。而在其他情况下，没有必要全面解释神话，因为它假定读者已经知道这个故事。

在漫长的埃及历史上，埃及受到整个东地中海和近东世界的文化的影响，在某些时期甚至受到后者的统治：从亚述人和波斯人到马其顿－希腊人和罗马人。埃及的神话不断适应着其所处的时代，因这些外来文化的影响而吸收了新的要素，并找到了新的表述方式。在每个埃及行省（也称为“诺姆”），都发展出了神话的地方版本，因此，不存在单一的、正确的版本。这既令人感到痛苦，也让人感到解脱：痛苦是因为任何一本关于埃及神话的指南都不能真正反映埃及人的信仰；

希腊历史学家普鲁塔克记载了许多埃及神话。

解脱是因为我不会变成编年史家般死板的重述者。本书所讲述的内容更类似于普鲁塔克的作品，普鲁塔克将奥西里斯神话中的元素抽出来，为希腊观众拼凑起来，而不是做典型的学术分析。在某些地方，就像普鲁塔克一样，我有时会从不同的时代获取神话碎片，形成一个连贯的叙述。如果读者可以原谅普鲁塔克这种"选择性描述"的行为，我希望我也可以得到谅解。

◀ 理解众神 ▶

埃及众神是一个充满活力、五花八门的群体，他们争吵、打架、谋杀、交往，并可能死于年老体衰（当然是在重生之前，这体现了埃及人对周期性时间的喜爱）。他们也可化身为各种样子，同时在不同的地点现身，而他们那真实的自我在天空中远远地隐藏着。尽管他们的形象多样，但他们既不是无所不知的，也不是无所不在的。诸神被赋予了特定的神圣职责（例如奥西里斯负责再生，敏负责生殖），但他们的权力有限，如果他们需要实现一个他们宇宙职权范围之外的目标，他们必须彼此合并在一起，短期分享彼此的力量。因此，由于缺乏恢复自我活力的能力和力量，体衰的太阳神每天晚上都要与奥西里斯融合在一起，利用奥西里斯神的再生力量，使他自己在新的黎明得以重生。有时候，当一个神呈现出另一个神的特征时，他就变成了另一个神。所以，当作为拉之眼的哈托尔攻击人类时，她的暴怒使她变成了嗜血的塞赫曼特女神。虽然，埃及众神的复杂本质一开始会让现代读者感到困惑，但是，随着之后的阅读，读者会逐渐对此有更清晰的理解。

必须指出的是，对时间长河中众神的演化和五花八门的崇拜所做的有用、细致的分析，偏离对众神本性的研究，因此本书基本上忽略了此类分析，以强调他们的个性和"人"性。对于那些刚接触古埃及，或只是对其有着浅薄兴趣的读者或学生，我希望我的方法能够给他们带来好处，为神话提供有用的介绍，让故事在有限的现代分析的干扰下鲜活一些。最重要的是，阅读这些神话并了解埃及人如何通过神话与世界接触，应该是令人愉快的：除了解释性之外，神话也是为了娱乐。本着这种精神，我希望读者能够读一读这本书。

为了解决本导言开始时提出的问题，我将本书分为三部分：诸神的时代（我们来自哪里）、活人的世界（我们周围的世界是什么样的）和死亡神话（死后的状况）。随着你的阅读，我希望你能从古埃及人的角度去思考，并试图从他们的角度看待世界。请接受这些神话的解释，并想象以这种方式看待和理解世界。这些神话是对古代人心理的洞察，是了解埃及人心智的窗口，它们能向你介绍一种体验世界的全新（同时也是老旧）的方式。

第一编

诸神的时代

我们来自哪里

混沌与创世

　　了解古埃及人关于创世的思想，确切来说，所有埃及神话的重建，都像这样一种样子：拼图盒子被扔掉了，拼图块不断丢失，而还得努力拼图。

　　在过去，当埃及学家面对来自各地的支离破碎的、各种各样的和明显相互矛盾的创世神话残存部分的时候，他们根据崇拜中心的不同把这些神话分成若干个系统，这就是学界提及的"孟菲斯神学"（来自孟菲斯城）或"赫利奥波利斯神学"（来自赫利奥波利斯）。这种划分的依据是，这些崇拜中心被认为创造了（或正典化了）神话的原始资料。有时候，埃及学家主张这些提出各种各样解释的崇拜中心，彼此之间存在"竞争"。这意味着，埃及某个城市的祭司会对其他城市的祭司嗤之以鼻，因为他可能认为，以"伟大的鸣叫者"面目现身的阿蒙神，地位要在创造拉神的圣牛之上。

　　也许，他们是有这种"竞争"的行为。但是，不管情况如何，这些各种各样的创世叙述，事实上有着高度的一致性，它们具有同样的基本主题，遵循相似的叙述结构。地区性的崇拜中心，似乎只是向普遍认同的神学的基本内容中加入一点自己的东西，强调某些神明的重要性、创世的某个阶段或某个方面，用他们自己的本地神明，取代其他神话版本中提及的另外一些神明。通过这种方式，埃及各地的祭司提出了可供选择而非彼此竞争的神学理论，这样就降低了不同宗教信仰之间发生斗争的风险。

因而，尽管不存在普遍认同的创世神话，但是，对于创世是如何进行的，至少有一个最基础的概念（一个共同的基础）：在努恩（无限的黑暗海洋）的深渊中，一个神苏醒了，或一个神筹划创世。凭借他的力量，他自己或他的化身变成了被造世界的许多要素，从而创造出了第一批神明，创造出了从水里浮出来的第一个土堆。此后，太阳（在一些叙述中是创世者独立出去的眼睛，在另外一些叙述中是从一颗蛋中新孵化出的）第一次升起，给曾经黑暗的地方带去了光明。

努恩神把太阳船举到天空中。

赫尔摩波利斯的八神团在太阳船的两边：每边各四位神明。

在新王国时代，大约公元前 1200 年左右，底比斯出现了把埃及的主要神学传统，统一到以阿蒙神为终极创世者的神学体系之下的尝试。因而，这个时代为我们可以更为详细地描述创世活动提供了一个极佳的立足点。因为此时期的文献可以提供关于埃及的世界起源观念的最佳见解，而且这个时代也合并了埃及那些最重要的崇拜中心的信仰传统，其中主要有：赫尔摩波利斯传统，强调宇宙创造之前的八个神明（八神团）（见下文）；孟菲斯的普塔赫神庙的传统，主张言语创造万物；赫利奥波利斯传统，提倡阿图姆（或拉–阿图姆）从一个蛋或种子中产生并演化成物质世界。因此，在本章中，我们借鉴埃及学家詹姆斯·P. 艾伦（James P. Allen）的著作成果，在拉美西斯时代的《阿蒙大颂歌》（这是一份绝无仅有的文献，它展示了阿蒙的祭司们进行神学研究的成果）的指引下，来考察埃及人对世界创造的认知。

◀ 创世神 ▶

努恩：无限的水

创世之前的宇宙，是一大片黑暗的、呆滞的、不动的无限水域，是一个适合潜水艇而非太空船的地方。各种元素尚未分离开来，没有天地，没有被命名的事物，没有生死。宇宙以这个样子永久存在着：

金字塔塔尖部件的形状可能象征着创世的第一个土堆。

无限、静默、沉寂。尽管，对这片无限水域的理解和讨论是超越人类的理解力的，但是，埃及人将此界中纠缠在一起的那些属性人格化为几对不可分离的男女伴侣——男子为青蛙，女子为蛇。努恩与瑙涅特为无限水域，胡赫与昊海特为无穷，库克与考凯特为黑暗，阿蒙与阿蒙涅特为不可见。这些力量常常被一起称呼为赫尔摩波利斯的原始八神，即八神团（Ogdoad，由意为"八"的希腊词转化而来）。

　　赫尔摩波利斯的神学家们在他们的神话中强调这些创世之前的力量，他们相信，八神一起创造了第一个土堆（或岛屿），然后生了一个蛋，太阳神从蛋里孵化出来。不同的神话有不同的说法，有时候说太阳是从名叫"伟大的鸣叫者"的鹅或形如朱鹭的托特神（见第36页）产下的蛋中孵化出来的。在其他的版本中，八神在努恩中创造了一朵荷花，荷花生出了太阳：太阳先是以圣蜣螂凯普利的样子出现，然后就变成幼年的涅斐尔图姆神。涅斐尔图姆的眼睛睁开后，就给世界带来了光明。

创世之前的宇宙的八大属性中，作为无限水域的努恩是特别重要的。尽管，像他的男性身份那样，有时候他被描绘成一只青蛙，但是，他有时也被刻画成戴着假发的人，或者一个象征着慷慨、多产和肥沃的丰产形象。因为，正如我们将会看到的，虽然努恩具有惰性，一动不动，黑暗而无限，但他也是有生殖力的，他是生育与产生新事物的场所。这可能看起来是违反直觉的：一个黑暗、无序的地方如何能产生一种生长和生命的力量呢？作为一个乐观的文明，埃及人在努恩中看到了存在与再生的潜力：光明来自黑暗，重获肥力的土地从洪水中浮现出来，花朵从干燥、无生命的种子中长出来。在无序中，存在着有序的潜力。

正是在努恩中，一切事物开始出现。

阿蒙：把自己化为数百万的神

> 八神是你〔阿蒙〕最初的样子……
>
> 他〔阿蒙〕另外的样子是八神团。[1]
>
> ——《阿蒙大颂歌》

上文提及的八位原始神明之一的阿蒙，到公元前 1200 年，在埃及的国家宗教中获得了至高无上的地位，以致赫尔摩波利斯的八神团在此时被看做阿蒙那伟大的不可见力量的最初发展阶段。埃及人把阿蒙描绘成蓝皮肤男子，他头戴插着两根长长羽毛的王冠。他的头衔"伟大的鸣叫者"表明他与鹅的关系，后者在时间开始的时候用他的鸣叫声打破了寂静。阿蒙也被描绘成一头公羊——丰饶的象征。尽管，阿

国王塞提一世（右）向阿蒙－拉神俯首致敬。

蒙的神圣妻子通常被说成是穆特（见下页的专栏），但是，作为努恩的原始力量之一的阿蒙，其配偶为阿蒙涅特（有时候被描绘成头戴下埃及的王冠、手持顶部为纸草形状的权杖的样子）。

在中王国时代（公元前 2066—前 1780 年），阿蒙在底比斯地区崛起；在新王国时代（公元前 1549—前 1069 年），阿蒙成为了终极的神明，被称为众神之王。阿蒙象征着所有不可见的事物，其存在于努恩之中，也存在于努恩之外，其是超然的、不可见的，隐藏在万物之中，在创世众神之前他就存在，且自己创造了自己。他"把自己的体液与他自己的身体结合，独自产下了他的卵"[2]，我们还被告知，他是"使他〔自己〕最终达致完满的创造者"[3]，甚至诸神都不知道他的真实特性。

创世诸神

赫尔摩波利斯的八神团

努恩 ＝ 瑙涅特

胡赫 ＝ 昊海特　　库克 ＝ 考凯特

阿蒙 ＝ 阿蒙涅特

底比斯三联神

阿蒙 ＝ 穆特
　｜
孔苏

孟菲斯三联神

普塔赫 ＝ 塞赫曼特
　　｜
涅斐尔图姆

赫利奥波利斯的九神团（外加荷鲁斯）

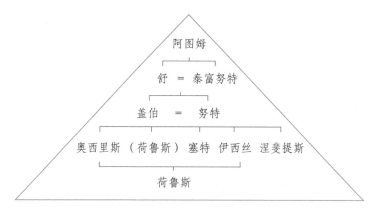

阿图姆

舒 ＝ 泰富努特

盖伯 ＝ 努特

奥西里斯（荷鲁斯）塞特 伊西丝 涅斐提斯

荷鲁斯

他〔阿蒙〕隐身于诸神之外，无人知道他的特性。

他比天要遥远，比杜阿特〔死后的地方〕要深邃。

没有神明见过他真正的相貌，

通过铭文无法洞悉其游行时的形象，

没有神明能准确证实谁是他。[4]

——《阿蒙大颂歌》

不容易接近阿蒙，或许是一件好事，因为我们也知道，"无意或有意地说出他神秘身份的任何人"[5]，都会立刻死掉。

在努恩之中同时也在努恩之外的终极的隐身神明阿蒙，决定创造世界：

在寂静之中，他开了口……

当世界一片死寂的时候，他开始大喊，

他的喊声回荡着，而他没有再次呼喊，

这样，他造就事物，使事物存续……[6]

——《阿蒙大颂歌》

阿蒙、穆特和孔苏：底比斯三联神

根据底比斯神学，阿蒙的妻子是穆特女神。埃及人多将她描绘为人形，但是有时也会描绘成一只母狮子。穆特是一个神圣的女法老，是母亲女神。因而，埃及人将其刻画为头戴上下埃及的双冠和秃鹫头饰（一般是女神、王后的配饰）的女神。阿蒙、穆特，与他们的儿子孔苏（被描绘为头上同时顶着满月和新月的孩子），一起形成了三联神（见第101—102页）。

普塔赫：创世之脑

> 你的〔下一个〕样子就是〔普塔赫〕-塔坦能……
>
> 他〔阿蒙〕被称为〔普塔赫〕-塔坦能……[7]
>
> ——《阿蒙大颂歌》

阿蒙需要从事思考与说话这些智力活动，这就要求引入其他神明，他就是普塔赫。普塔赫是技艺与手工艺之神、神圣的雕刻匠，象征着心智创造的力量。对于普塔赫的祭司而言，万事万物都是"普塔赫的心的创造物"：不论是神明、天空、大地、技艺还是技术，都是普塔赫以思考和说话的方式创造的。普塔赫的主要崇拜地在现代开罗附近的孟菲斯，其被表现成一个木乃伊般的紧紧缠着布匹的男人。他站在底座上，紧握权杖，头戴无沿便帽，留着直胡须（这对于神明来说是不寻常的，因为神明常常留着弯胡须）。他与反复无常的狮子女神塞赫曼特，以及他们的儿子涅斐尔图姆（被描绘成一个头顶荷花的孩子），形成了家庭三联神。从拉美西斯时代起，当《阿蒙大颂歌》编撰的时候，

普塔赫神。

塔坦能神。

塞赫曼特

塞赫曼特女神的名字意为"强有力的",她被描绘成一个狮头女子,戴着长长假发,头顶日轮。在极少见的情况下,她被完全描绘成一头母狮子。她是普塔赫神的妻子,涅斐尔图姆的母亲。

塞赫曼特可以是危险性的力量,也可以是保护性的力量。她与(塞赫曼特的使者带来的)瘟疫、战争和侵略有关联,但人们可以向其祈祷以求免受疾病之苦。如果一个人生病了,他就去叫塞赫曼特的祭司,请求他们使用其巫术知识,来治愈他的病患。

塞赫曼特也是国王的保护者,在战争中陪伴在国王左右,向进犯的敌人喷火。塞赫曼特是弑杀的拉之眼的化身,曾经试图毁灭人类,但因中计才停下来(见第41—42页)。她的主要崇拜中心在孟菲斯。

塔坦能神(浮现的土地)便被视为普塔赫的化身。因此,这两个神就合并变成了普塔赫-塔坦能,这就把神圣雕刻匠与努恩中浮现的最早的土地结合在了一起。

作为心智创造的力量,普塔赫代表的是变形的力量,这种力量把创世的想法落实到行动上,把想法变成了物质实体——就像工匠将在街上闲逛时脑中突然的灵光一现,落实到雕刻雕像的行动上,从而把石头雕刻成脑中想象的样子那般。这在名为《孟菲斯神学》的文献中有所表达,这个文献通常被解释成这样:创世是通过普塔赫的心和舌实现的;普塔赫神在心中想象出创造物的各种组成要素,当他说出所要创造的事物的名字的时候,在他那神圣言语的宣布之下,事物产生了——他所想象的东西都变成了现实。这是无中生有的创造。然而,詹姆斯·P.艾伦近来提出,我们这里所谈的心和舌其实属于终极创世者阿蒙,普塔赫仅仅是提供了变形的力量而已。因此,阿蒙的祭司也许会承认,尽管隐身神明阿蒙"在寂静之中"开口说话,提供了创世的观念，但是，正是作为创世过程之化身的普塔赫，才使得阿蒙的想法得以实现。

倘若，我们把阿蒙想象成一个富裕的赞助人、一个委托制作雕像的人，神圣的技师、工匠普塔赫受雇来完成这件作品，那么，终极创世神阿蒙和创世神意志的实现者普塔赫，干活需要的原材料是什么或是谁呢？谁或什么是他们作用的客体呢？任何技师都需要可供塑造的材料，需要能够将他们脑子中的构想变成现实的材料，需要能将抽象的东西具体化以便展示给人们去看的材料。在埃及的创世神话中，这

胡、西阿和海卡

因为创世神的三个方面——西阿（神圣的知觉）、胡（权威的话语）和海卡（巫术），创世中的智力活动才变得可能。借助海卡的力量，创世神在心中想象出了被造世界的样子；通过权威的话语，他说出了事物的名称而使之产生。这三种力量被人格化为三个独立的神明，据说胡与西阿产生自从太阳神的阴茎中流出来的血滴。

然而，"在世界上出现两种事物之前"[8]，海卡就存在了，因而他的人格化神有时候以创世神的面目出现。海卡被画为一个男子，或有时候被画成一个孩子，常常玩弄着他那弯曲的神圣胡须。有时他的头上顶着形如狮子下肢的东西，有时他的手里拿着蛇。太阳神乘坐他的太阳船巡游的时候，他是被选中保护太阳神的神明之一，他同样也保护着杜阿特的奥西里斯神。

西阿神（左）与海卡神（右）站在公羊头的太阳神灵魂两边。

种原材料就是阿图姆神（或拉－阿图姆神），他被"雕刻"成我们所生活的被造世界。

阿图姆和物质演化

> 他〔阿蒙〕将自己创造为阿图姆，
> 与他在一个身体之内。[9]
>
> ——《阿蒙大颂歌》

这些智力活动（阿蒙的观念和普塔赫的创造力量）按下了世界的物质演化的按钮，把意识放进了漂浮在无限的、黑暗的努恩水域上的蛋或种子中。在赫利奥波利斯传统中，这个种子就是阿图姆神（也称作拉－阿图姆）。此时，所有物质与神明融合在一起，混杂在一起而无法区分，阿图姆就像宇宙大爆炸开始时的奇点，或就如他自己所言：

> 我独自与死气沉沉的原始海洋〔努恩〕在一起，找不到可以站立的地方……第一代〔诸神〕尚未产生，〔但是〕他们与我在一起……[10]
>
> ——《棺文》咒语80

阿图姆（意思为"完成者"）是"全部之主"，是同时象征着演化和演化完成的神明。阿图姆通常被描绘成人形，戴着上下埃及的双冠，也被描绘成猫鼬、圣蜣螂、蜥蜴、蛇、抓着弓箭的狒狒或坂努鸟，有时候还被描绘成创世过程中从水中浮现出来的第一块土地。在晚上，他被描绘成公羊头的太阳神。

在努恩中，（只是一粒种子的）阿图姆开始与无限的努恩水域交谈：

阿图姆神（左）坐在涅斐尔塔丽王后的面前。

　　我漂浮着，完全没有知觉，缺乏任何生气。正是我的儿子"生命"〔这里指的是舒神〕，他将构建我的意识，让我的心成为活的……[11]

——《棺文》咒语 80

努恩回应道：

　　吸入你的女儿马阿特〔这里为泰富努特女神的化身〕，把她举到你的鼻子边上，以便你的意识能够存活。愿他们没有远离你，你的女儿马阿特和你的儿子舒——他的名字是"生命"……是你的儿子舒，他将把你举起。[12]

——《棺文》咒语 80

　　需要对这次有趣的首次谈话进行解释。在创世的这一时刻，象征生命的舒神与象征马阿特（见第 17 页的专栏）观念的泰富努特神，都生活在阿图姆中，并作为阿图姆的一部分而存在。为了让阿图姆从无限的水体里分离出来，并享受独立存在的乐趣，"生命"成了他的意识，使得他的心脏开始跳动，就如同将他从死亡中唤醒一般。现在，他的心脏跳动起来了，他的心智活跃起来了，不过，阿图姆的意识尚未被激活，直到这一刻：他吸入马阿特／泰富努特，把她作为生命的气息吸进身体中，从而唤醒他的全部意识。就像从死亡进入昏迷，然后从梦境般的状态中苏醒一样，依靠呼吸、心跳和心智的力量，阿图姆从睡着的、死寂的状态中醒来，变得意识清楚，能够做事情。

现在，阿图姆能完全掌控他自己的行动，利用自己的独立性，从身上"去除"了努恩之水，变成了"剩余者"。[13] 这是宇宙中第一件重要的事件，埃及人将之表现为创世的土堆（人格化为塔坦能神），这或许是金字塔形状背后的灵感来源。在创世神话的其他版本中，作为阿图姆化身之一的圣坂努鸟，飞过来落在这个土堆上面，它的鸣叫声是最早的声音。

回到我们的叙述，阿图姆里边的舒神，现在开始膨胀，阿图姆变

泰富努特女神。

舒神。

马阿特和伊斯凡特

无论作为一位女神、一个概念，甚或是作为泰富努特的一个化身，马阿特都在埃及的宇宙观念中发挥了关键作用。作为一个概念，马阿特为秩序与混沌之间的恰当的平衡，同时它也包含"公正"与"正确的行为"的意思。埃及人承认，既不能永远根除混沌（伊斯凡特），也不应该把它根除，因为混沌是被造物的一部分，是被造世界的正常运作所必需的。时间开始以来，伊斯凡特就一直是宇宙不可分割的一部分。

然而，它并不是创世神造就的，创世神将自己与人类所行的伊斯凡特分离开来：

> 我让每个人都像他的同伴，我不让他们去做伊斯凡特：是他们的内心，摧毁了我所规定的事情。[14]
>
> ——《棺文》咒语 1160

从诸神到法老和人类，所有生物的目的，是确保秩序（马阿特）不被混沌（伊斯凡特）颠覆。对埃及人而言，马阿特无处不在，破坏马阿特规则的人都会受到处罚，不论这些人知不知道马阿特的规则。诸神甚至也得依靠马阿特而存活，将马阿特视为他们的啤酒、食物与饮品。人格化的马阿特是一位头上顶着长长羽毛的女神，而这种羽毛也是象形文字中指代马阿特的符号。或许是因为马阿特与泰富努特的关系，她也被称为拉（或拉－阿图姆）的女儿，有时候还被描述为托特神的配偶。

马阿特女神。

得就像一只充满气的气球。

> 就是在自我创造的神〔阿图姆〕的身体内，我成长起来
> 了……就是在他的脚里边，我长大了；就是在他的胳膊里，我成
> 长了；就是在他的四肢里，我造出了虚空。[15]
>
> ——《棺文》咒语 75

阿图姆现在演化成了被造的世界，变成了他希望的样子。在埃及的咒语中，常常歌颂这种自我创造的力量：

> 我的身体在我自己〔阿图姆〕的手上诞生。我就是自我的创造
> 者。正是按着我所希望的样子，我按照自己的心意创造了我自己。[16]
>
> ——《棺文》咒语 714

> 赞扬阿图姆！他创造了天，他创造了所存在的一切。他升起
> 来成了陆地，他创造了种子。一切之主，他生出了诸神，他是创
> 造自我的大神。[17]
>
> ——《亡灵书》咒语 79

◄ 被造物 ►

第一代诸神

舒和泰富努特现在与阿图姆分离开来，根据不同版本的神话的描述，这两位神明是阿图姆打喷嚏、吐唾沫或手淫时，从其身体喷射出的神圣液体变成的。他们仍然在阿图姆膨胀的身体内，生活在被造世界这个"气球"里边。然而，尽管舒与泰富努特现在已经分离出来了，

但是，他们都缺乏自己的生命力，仍然需要依赖他们的创造者而存活。为了弥补这个缺陷，就如他们以"生命"和马阿特的形式，给予了阿图姆与努恩分离所必需的力量一样，阿图姆现在抱住他的双胞胎孩子，将他那代表"生命力量"的"卡"（ka）传给了他们，使他们获得了行动和存在的充分自由。

作为一个独立的神明，泰富努特有时候被描绘成一个人类女子，但是，她最经常被表现为人身母狮子。她在被造世界中的作用是相当不确定的，埃及学家说她是"湿气"或"腐蚀性的带有水分的空气"，或相信她是杜阿特（死后的地方）的最上层的顶子。然而，可以确定的是，她是所有未来神明的母亲。

相比之下，舒则更容易被描述。他通常被表现为头上顶着一根羽毛的男子，有时也被描绘成一头狮子，与他的姊妹/妻子一样是狮首人身。在描绘宇宙的图示中，他站立着，举起双手，将天空从大地上分离开来，而他自己扮演着空气的角色。就如密封洞穴中的虚空一样，舒就是阿图姆所创造的世界中的干燥、虚空的空间，划定了我们生活区域的稳定范围。舒创造并确保上下间的分离，进而形成了空间，现

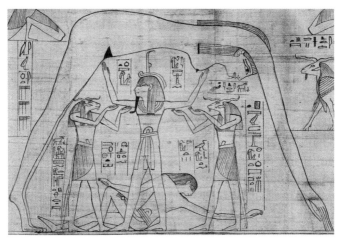

舒（中）举起胳膊，将作为天的努特与躺在下面的作为地的盖伯分离开。

在，所有生命与运动都能在空间中存在了。

舒、泰富努特与阿图姆分离之后，不仅仅创造出所有生命能够兴旺繁衍的空间，时间也得以产生。舒代表"涅海赫"（*neheh*），这是埃及人关于循环的时间或无休无止的循环的观念，如太阳的升落、每年的尼罗河洪水、生死的循环、生长与衰败的循环。相反，泰富努特代表"杰特"（*djet*），意思为静止的时间，适用于一切不会消逝、持续存在的事物，如木乃伊或石造建筑物。

现在，随着时空的出现，世界已经为首次日升和人类的创造搭好了舞台。

阿图姆的唯一之眼与首次日升

舒与泰富努特是在努恩的水中孕育出来的，而努恩因其在创世中的作用，被视为具有生成与再生的力量。在努恩中，阿图姆的唯一之眼照看着他们俩——他们的父亲阿图姆派出了这只眼睛去跟着，或出去寻找他的这对双胞胎孩子。阿图姆的眼睛（由于阿图姆与拉神的紧密联系，所以常常说成是拉之眼，见第 2 章），在埃及神话中是一个反复出现的角色。根据现有的神话，神的眼睛除了代表日轮外，还可代表月亮或晨星。神的眼睛能够独立于神而行动，在独立状态下，以一位女神——常常是哈托尔、巴斯坦特或穆特（见第 42、21、10 页的专栏）的面目出现。阿图姆派出自己的眼睛去寻找舒与泰富努特，从而创造了首次日升。没有舒创造虚空，这是不可能实现的。因为这个原因，舒说道，"我创造了黑暗中的光"[18]，而且"正是我使得无限黑暗之后的天空亮起来"[19]。尽管唯一之眼以女神的样子出现，与阿图姆分离开来，但是，日轮仍然是属于他的一部分。太阳仍然是"其圆盘中的阿图姆"[20] 或"从东方地平线前来"[21] 的阿图姆，或更加简洁地说，太阳是拉–阿图姆——创世神力量的可见标志（因为拉是太阳神在中午即力量最强的时候的名字，阿图姆是其在夜晚即年老时候的名字，见第 2

巴斯坦特

最初，巴斯坦特被描绘成一只母狮子，后来则为一只猫，或手持装饰有猫图案的叉铃的猫头女子。巴斯坦特（意思可能是"油膏罐的她"）扮演着国王的神圣母亲和保姆的角色。她也与女性的生育有关系，保佑着孕妇以及死者。作为"拉的猫"，巴斯坦特摧毁混沌之蛇阿波斐斯，像其他一些女神，她也被认作拉之眼，这使得她被说成是拉的女儿。巴斯坦特的崇拜中心在三角洲的布巴斯提斯（阿拉伯语为"巴斯塔丘"），她是形象为狮子或狮头男子的马海斯的母亲。

章）。阿图姆（或拉－阿图姆）现在开始了巡游天空的日常之旅，在夜晚则穿过杜阿特的来世之域（见第5章）。

人类

根据一则神话，当舒、泰富努特和阿图姆的眼睛返回阿图姆身边的时候，阿图姆的眼睛惊讶地发现，她已经被一只名为"显赫者"的新太阳眼取代了。这只没用的眼睛变得非常愤怒，以致她咆哮痛哭，流出的泪水变成了人类。为了抚慰她的痛苦，阿图姆把她放在前额上，在那里她"掌控着整个大地"[22]。似乎，她变成了蛇标（uraeus，法老佩戴的直立眼镜蛇头饰），向破坏秩序的敌人喷射火焰。

另有一些类似的神话对人类的起源有着不同的叙述。在一则神话中，据说人的产生是"神失明"[23]的结果，说是阿图姆的眼睛哭得太厉害，以致她失明了，而在《棺文》咒语80中，阿图姆提到人类是从他的眼睛中出现的。在另外一则神话中，太阳神出生后独自一人，因找不到母亲而哭泣，他的泪水化作人类。另一方面，诸神被描述成是从太阳神的微笑中出现的，或者是从创世神的汗水中长出来的（乍看起来，这似乎是一种贬损，实际上并非如此，因为神的汗液被认为有着熏香的味道）。

　　尽管，人类是阿图姆眼睛的绝望、愤怒或悲伤的意外产物，但创世神依旧为了帮助他们，做了四件好事：创造了四面的来风，来给予每个人"生命的气息"；创造了每年的尼罗河洪水，以保证人类有充足的食物；赋予了每个人（自然不包括国王，国王与其他人不属于同类）以平等地位；让每个人能够有对"西方"（来世）的记忆。在那里，在诸神的陪伴下，人类会继续存在。事实上，创世神对他的意外创造物并不是漠不关心的：

　　　　正是为了他们，他创造天地。他平息了水的狂怒，创造了风，人们的鼻孔才能呼吸生命的气息。他们是从他身体里涌现出来的"他的形象"，正是为了他们，他升起在天空中。为了他们，他创造植物、畜群、水禽和鱼，来养活人类……为了他们，他创造了白天……当他们哭泣的时候，他倾听着……〔正是他〕，像白天的时候一样，在夜晚也照看着他们。[24]

　　　　　　　　　　　　　　　　　　——《对美里卡拉王的教谕》

　　此外，献给阿蒙的一首颂歌阐释了阿蒙神为世界上非人类种群所做的事情，说他是"动物赖以存活的草原的创造者……他让鱼能在水中、鸟能在空中生活"。这首颂歌说，阿蒙甚至关心最小的动物，因为正是他"让蚊子能够与蠕虫、跳蚤一起生活，他照顾洞里的老鼠，并且让每一颗树上的蛞蝓（？）活下来……"[25]

阿波斐斯及其起源

　　从创世的那一刻开始，象征着无序的阿波斐斯，每天晚上都会攻击太阳神，发动叛乱。阿波斐斯是一条120腕尺（约63米或206英尺）长的恐怖的蛇。作为宇宙中的终极毁灭力量，阿波斐斯是无序力量的

阿图姆神对抗混沌之神阿波斐斯。

领袖。为了确保太阳的升起和世界的稳定，太阳神拉的随从们必须把阿波斐斯从太阳船上击退。阿波斐斯被称为"咆哮者"[26]，没有鼻子、耳朵和眼睛，但他却拥有"邪恶之眼"，他的目光能让人类和诸神无法动弹。出于这个原因，国王会举行一个仪式，用一根棍子击中阿波斐斯之眼，以此避开他那邪恶的目光。

尽管阿波斐斯在埃及神话中有着重要地位，但是他的起源相当模糊。只有一部晚期的文献提到了他的产生。在这则文献中，他是从奈特唾下的唾液中形成的。然而，在埃及历史上的大多数时间里，人们没有提及阿波斐斯的产生，似乎认为他是用某种方法自我创造的或是在创世之前就存在的。

奈特女神（中）站在伊西丝与戴着王冠的奥西里斯中间。

阿波斐斯：仍然要加害我们

　　与每天威胁要摧毁太阳的阿波斐斯蛇不同，一颗名叫阿波斐斯的小行星所带来的间歇性威胁所针对的是地球和月球。你会很高兴听到下面这个消息，预测的2004年小行星撞击地球事件，事实上并未发生，但是在该（未发生）事件之后不久进行的新计算表明，在2029、2036年小行星可能还会碰撞地球；幸运的是，这两次碰撞后来被认为是极不可能的。有趣的是，小行星被命名为阿波斐斯，不是因为它会毁坏世界，而是因为小行星的发现者是电视连续剧《星际之门》（*Stargate SG-1*）的粉丝，而该电视剧中有一个大坏蛋名叫阿波斐斯。

下一代

舒与泰富努特孕育出来下一代神明：盖伯和努特。作为一种力量，努特是天穹，是被造世界与周围的努恩之水之间的透明屏障，能阻止努恩之水落到地上。人格化的努特常常被描绘成一个裸体的女子，用她的胳膊、腿把自己支撑起来。在人们的想象中，她的胳膊和腿要么在四个方位基点上与大地相接触，要么手脚分别紧并在一起，这样就使得她的身体成为了太阳、月亮和星星运行的窄窄的轨道。努特有时也被描绘成从正面看的样子，这在埃及艺术里是不太常见的；观看者仿佛在仰望天空，看见了努特从高处投下来的目光。

变成大地的盖伯神，常常被人格化为一个男子，绿皮肤（有时候装点着植物），侧躺着，手肘支撑着身体。站立时，他常常戴着下埃及的红冠，但有时候也会头顶一只鹅（其名字的象形文字符号）。

盖伯神。

一则神话告诉我们，起初，盖伯与努特紧紧拥抱在一起，以致努特不能生孩子，但是，舒迫使他们分开，才使得她的孩子得以出生，这巧妙地解释了为什么空气把大地与天空分开。在希腊历史学家普鲁塔克提供的另外一则神话中，盖伯与努特不能睡在一起，因为舒将他们分开了，不得已他们只能秘密相会。然而，拉发现了他们私会的事情，给努特下了诅咒，这使得努特在一年的 360 天（创世之初全年只有 360 天）中都无法生育。智慧之神托特（在创世的这一时刻实际上他是不存在的，我们暂时先忽视这一点吧）伸出了援助之手，他去与月亮下棋。就如他善于书写一样，他也善于赌博（见第 36 页），托特打败了月亮，赢了"月亮发出的每一束光的七十分之一"[27]。他把这些光组成了 5 天，置于岁末，使得历法成了 365 天，这使得努特有机会生育孩子；在这 5 天里的每一天，她都在生育孩子。

赫利奥波利斯的九神团成员（阿图姆、舒、泰富努特、盖伯、努特，以及并排坐着的伊西丝、涅斐提斯），荷鲁斯、哈托尔紧随其后。
拉－哈拉凯提在九神团前头。奥西里斯和塞特不在图中。

努特和盖伯的孩子，依照出生的顺序分别是：奥西里斯、大荷鲁斯、塞特（撕开母腹出来的）、伊西丝、涅斐提斯。非希腊文的材料常常遗漏了大荷鲁斯，而留给我们的是传统的埃及大九神团 —— 象征着世界的物质创造的九个神明（见第 9 页的专栏）。

创世的完成

> 九神团就合并在你〔阿蒙〕的身体里：
>
> 你的形象是每个神明，他们结合在你的体内。
>
> 你最先出现，最先开始。[28]
>
> ——《阿蒙大颂歌》

因此，阿蒙的祭司也许会告诉你，伴随着阿蒙在沉寂之中的鸣叫声而开始的某种东西，在物质世界的一路演化中逐渐达致高潮。阿蒙神是"孕育原初诸事物的原初的'那一个'，他使得太阳得以产生，在阿图姆中完成了自我，与阿图姆同体"[29]。创世是阿蒙行为的产物，而之后世界中的每一步发展都是阿蒙的发展。同样，宇宙的每个方面都是阿蒙隐藏力量的体现，这些方面以各种独立的力量和个体发挥作用，渗透于被造的球体之内的所有存在物之中，但是，这些方面又是相互关联的，是统一的。

这些力量就是涅彻如（*netjeru*），即"诸神"。

拉、舒与盖伯诸王的统治

在凡人当埃及王之前，诸神自己进行统治，他们生活在凡人中间。人们有时认为，第一位王是普塔赫，但是没有神话告诉我们他的统治情况。他的名字被添加到了《都灵王名表》中。这个王名表是关于埃及国王统治顺序的主要资料之一，其所追溯到的早期历史甚至包括诸神的时代，然而，此王表将普塔赫的名字放在第一位可能也仅仅是一种地方的传统。太阳神拉（或拉－阿图姆）为埃及首位国王，才是更加普遍的说法。

◀ 拉王的统治 ▶

作为埃及最重要的神明之一，拉在全国各地受到崇拜，尽管他的主要崇拜中心在赫利奥波利斯（"太阳之城"），现在此地已经并入了开罗城。拉神通常被描绘成头顶日轮的人身鹰隼，也被描绘成一个眼镜蛇环绕的日轮，有时候日轮的两边有舒展的羽毛翅膀。与所有的埃及神明一样，太阳神也有多种化身。早上，他是圣蜣螂凯普利，慢慢地滚着巨大的太阳球把它推出地平线；中午，他是太阳神最强大的化身——拉；傍晚，他是疲惫的长有公羊头的阿图姆，准备步入地平线之下进入来世之域杜阿特，在即将到来的早晨，他会重新焕发活力。另外一个常常被证实的化身是拉－哈拉凯提（双地平线上的拉－荷鲁斯），在这位神的身上，拉与荷鲁斯结合为一体，分别代表着太阳的升起和降落。

不为人知的太阳神的真名 [1]

作为王，拉统治着凡人与诸神，他每天化身为不同的样子，以不同的名字出现。然而，除了他自己外，没有人知道他的真名。这不是出于免遭难堪的考量，也不是因为他乐意使用化名，而是为了自己的安全。知道一个神明（甚或一个凡人）的真名，就能驾驭神明，利用神明的力量为自己服务。因为这个原因，诸神把自己的真名隐藏起来，

鹰隼头的太阳神拉－哈拉凯提与哈托尔女神坐在一起。

以免巫师滥用其力量。

伊西丝是一个强大的女巫，她"比无数的凡人更叛逆，比无数的神明更聪明"，她知道这个情况，想变成在力量上与拉神媲美的神明。如果她知道了拉的真名，获得了拉的力量，她就能将这种知识传给她那尚未出生（此时甚至还没有怀上）的儿子荷鲁斯，从而确保他在宇宙中的优势地位。

当拉老了的时候，伊西丝开始实施她的计划。太阳神坐在他的王座上，口水掉到了地上，她把拉神在地上的少量口水收集起来，与土

伊西丝及其崇拜的发展

伊西丝女神与魔法、母性和爱情有着密切关系。人形的伊西丝穿着长裙，有时候还拿着叉铃。她头上那代表王座的象形文字符号正是她的名字，可以翻译为"座位"或"王座"，突出了她对王权的重要性。由于她与哈托尔的身份相近，有时候古埃及人以相似的方式来描绘她：头上有牛角和日轮。在极少的情况下，伊西丝被描绘成一条直立的眼镜蛇，就像在新王国时代的《大门书》中那样。

在神话中，伊西丝是奥西里斯的姊妹和妻子，是盖伯和努特的四个孩子之一。关于她受孕怀上奥西里斯的儿子荷鲁斯，以及荷鲁斯长期争夺王权的神话，将出现在第3、4章。在丧葬仪式中，哭丧者扮演了伊西丝及其姊妹涅斐提斯的角色；而在来世，伊西丝被认为给死者提供帮助。埃及人还把伊西丝同天狼星联系起来，后者每年的消失与重现，标志着尼罗河泛滥的开始与随后的收获季的到来。

从托勒密时代起，伊西丝的崇拜传遍了地中海世界，这使得她与其他著名的女神混同为一个神，以致她以"有着许多名字的那一位"而著称。人们赞扬她的医疗力量，将其视为慈悲的母亲女神。随着伊西丝崇拜的发展，荷鲁斯与希腊的阿波罗神联系了起来，开始变成善战胜恶的象征。

头戴哈托尔的标志 —— 牛角和日轮的伊西丝。

揉在一起，捏成一条蛇。神圣的液体内部充满了创造的力量，这个伊西丝的创造物马上变活了。然而，此时蛇还不会动，伊西丝把蛇放到了拉神必经的十字路口。尽管拉神已经年迈，但每天还是会与随从去巡视创造的世界万物。第二天，年迈的拉神缓步走着，老眼昏花，没有看到那条蛇，结果被蛇咬了一口。火辣辣的疼痛，让拉神全身痛苦不堪，结果他身上燃起了大火，周围的松树也被燃着了。拉神痛苦的叫声传到了天上，惊扰了诸神。蛇毒吞噬了他的身体，就像尼罗河洪水淹没了土地一样，拉神的嘴唇哆嗦，四肢颤抖，已经不能说话了。

拉神痛苦的叫声引来了他的随从。他说，有什么东西咬了他，这是一种不知名的生物，他从未见过，闻所未闻，也不是他用于创造出来的东西，亦不是他认识的他的创造物（对于世界的创造者而言，这无疑是一件特别令人困扰的烦心事）。"我从未受过这样的罪，没有比这更疼痛的痛苦了，"拉神说道。他绞尽脑汁地想着，但是想不出来咬伤他的生物是什么东西。"它不是火，也不是水，（可是）我的心烧得难受，我的身体颤抖不已，四肢满是鸡皮疙瘩。"拉神开始意识到问题的严重性，他要求把诸神的孩子们带过来，这些孩子精通咒语，他们的话语有着魔力。

诸神的孩子们很快到了，他们挤在拉神周围，试图找到治愈他的办法，而站在他们中间的伊西丝，装作对咬伤她的王的生物一无所知的样子。她靠近拉神，问他发生了什么事。"是一条大蛇让你虚弱吗？"她问道，"是你的一个孩子抬起头攻击了你吗？"她许诺要用她的巫术杀死作恶者，让它不敢看他的光芒。拉神大汗淋漓，颤抖不已，视线模糊，又把他如何被咬伤的事情重新说了一遍，哀叹道，"〔仿佛〕在夏天，迎头浇来倾盆的雨水！"这是伊西丝耍手腕的最佳时机，她对拉神说，如果她知道了他的名字，就能帮助他。在神志昏迷状态挣扎的拉神，对此做出了回应，脱口说出了他自己的一连串名字，其中许多都是在描述他为宇宙所做的好事：他说他是制造天、地、山、水的人，他是创造了时刻从而让白昼得以产生的人；他是把年进行划分的人。他补充说，早晨他是凯普利，正午是拉，晚上是阿图姆。

伊西丝不为所动，蛇毒仍在拉神体内，拉神感觉更不太好了。女神靠近拉神，说拉神所列的名字中没有其真名。如果他想得到医治，他必须更积极一些。蛇毒对拉神身体的毒害，要比火焰更厉害。拉神已筋疲力尽了，他告诉伊西丝要仔细听，以便他的真名离开他的肚子，进入伊西丝的肚子，他又补充道，只要荷鲁斯发誓不告诉其他人，她就可以将这个真名传给她的儿子荷鲁斯。终于，她的计划成功了，伊西丝用巫术治愈了太阳神，说道：

圣蜣螂头的凯普利神。

冲啊，蝎子！离开拉！荷鲁斯之眼，离开神！口中的火焰——
我是创造你的人，我是派遣你的人——到地上去，强有力的毒！
瞧，大神已经泄露了他的名字。一旦蛇毒消除，拉将会存活！

——都灵纸草第 1993 号

也许，就是这个伤心事，使得拉偶尔对诸神施以惩戒。在一则简
短的神话中，拉神将男女诸神召唤而来，待他们一来，就吞下了他们。

当他们在他体内扭动时，他杀死了他们，把他们变成鸟和鱼冒出来。不过，拉神生病的背后并不总是有一个神明在搞鬼。在一则神话中，拉病倒了，只有杜阿特的强有力的住民才能治愈他。为了能联系上来世的居民，神的随从给赫利奥波利斯的当权者写了一封信。他们担心，若拉神的病痛持续的话，拉神也许会被困在杜阿特之中，并请求以向地上的一个洞呼喊的方式，向西方的人（死者）进行求助。另外一则神话中，拉神踩到了一个不知名的生物，结果就病倒了，不停抽搐。在这里，为了治愈疾患，不幸的神不得不说出他母亲的真名。

太阳之眼的神话

在拉统治时期，拉与自己的眼睛争吵得厉害。眼睛决定离开，气冲冲地去了利比亚或努比亚（不同版本的神话有不同的说法），并攻击沿途遇到的每一个人。然而，眼睛不在了，拉神无法抵御敌人的进攻。原来，拉神的眼睛能够保护拉神，对于拉神的力量来说至关重要。为了挽救这种局面，拉神派出一个神明，去寻回愤怒的拉神之眼。这个神话依旧有许多版本，在每个版本中牵涉其中的神都不一样。一个版本说，奥努里斯（见右页的专栏）找到了拉神之眼，后来娶了她。另一个版本说，寻找拉神之眼的是舒神。在保存下来的最长的一个版本中，是以策略和智慧著称的托特神（见第36页的专栏）出去寻找拉神之眼的。在这个版本中，拉神之眼被称呼为泰富努特，形象为一只努比亚猫。

在查出拉神之眼的下落后，为了靠近她但不被其识破，托特神变成了一只长着狗脸的狒狒。但是，泰富努特看穿了他的伎俩，变得非常愤怒，准备攻击托特神。托特神脑子反应快，告诉她说，命数会惩罚每一项罪孽。托特神的妙语说服了她，使她停止了无端的攻击。在引起了泰富努特的注意后，怀着劝服拉神之眼回家的希望，托特神赞扬了埃及的壮美，用一连串动物寓言逗她开心——有时候寓言中还套

奥努里斯（安胡尔）

戴着双羽毛的奥努里斯（左）及其妻子狮头女神曼凯特。

奥努里斯是战神、狩猎之神，起源于阿拜多斯地区。他通常被描绘成一个站得笔直、长着胡子、戴着短假发、头顶蛇标或两到四根羽毛的男子。他举着右手，通常左手拿着一段绳子。他的名字的意思是"带回遥远者的他"，这指的是奥努里斯从努比亚把勇猛的拉之眼带回来的行为。拉之眼成了他的妻子曼凯特。这个神话实际上与舒神带回被称为泰富努特的拉神之眼是一样的，而后者可能源自奥努里斯的神话。结果，奥努里斯常常被等同于万神殿中的大神舒，也被认作拉神的一个儿子，干着猎杀太阳神敌人的活儿。

着寓言。寓言中掺杂了道德的说教：和平的重要性，强者从与弱者的友谊中获得的好处有多大。在此期间，泰富努特因为托特神试图影响她而变得愤怒，变成了一只可怕的母狮子，但是托特神没有放弃。他成功地劝服她重返埃及，在埃及边境他们遇到了乐舞表演。当他们到达孟菲斯的时候，拉在无花果女主人的邸宅 —— 哈托尔（见 42 页）小神殿 —— 中办起了宴会，以此对泰富努特表示敬意。泰富努特向拉神讲述了托特讲给她的故事，然后，太阳神赞扬了托特神的成就。

反叛太阳神的神话

拉统治时代的一个常见的神话主题是反抗拉神统治的叛乱。反叛的地点不尽相同，反叛者的身份也有所不同：有时候是人类，有时候是阿波斐斯及其追随者，亦或是塞特（见第 39 页的专栏）。另外变化

托特和《赫尔墨斯文集》

托特神通常被描绘成朱鹭、朱鹭头男子或蹲着的狒狒，他是与智慧、知识和学问有关的月神。鉴于托特有月亮的属性，朱鹭那长长的、弯弯的喙可能会被认为是新月的形状。狒狒状的托特，常常把满月与新月组合起来戴在头上。

埃及认为托特神是文字的发明者，是书吏的保护者。他是巫术和神秘知识的大师，负责记载时间的流逝，监管来世之域里死者心脏的称重，他的出现可被视为所有事情得到公正处理的保证。尽管，他通常是一个善于交际的人，他的妙语为诸神提供建议，但是在金字塔文中，托特也会对马阿特的敌人实施暴行。

有时候，托特被呈现为荷鲁斯和塞特的一种结合，然而，其他铭文将托特神描绘成拉或荷鲁斯的一个儿子。他的妻子是涅海曼塔薇，书写女神塞莎特是他的女儿（尽管有时候她取代涅海曼塔薇成为托特的妻子）。托特的主要崇拜中心在中埃及的赫尔摩波利斯（今日埃尔艾什穆奈因），赫尔摩波利斯的祭司相信，托特神在最早的创世土堆上现身，他创造了最早的一批神明，即八神团。

因为托特也是圣使，所以希腊人将他与他们自己的神明赫尔墨斯联系起来，将他称为赫尔墨斯·特利斯墨吉斯忒斯（Hermes Trismegistus），意为"三重伟大的赫尔墨斯"。在这一身份下，托特被认为把他的教义传给了信徒，在公元 1 世纪的时候，人们把他的妙语整理编成了《赫尔墨斯文集》。多亏拜占庭编辑者和抄写者的工作，这些重要的学说得以保存下来，从而影响了一千多年以后的文艺复兴思想家（特别是在巫术与炼金术的理解方面）。

不定的是太阳神的年龄，有时候太阳神是孩子，而在某些神话中则是老人。不管处于什么年龄段，创世神都处于一生中羸弱的时期，这就解释了为什么此时叛乱会发生。太阳神生命中的这两个阶段，代表了

日出与日落——这是传统意义上的危险时期，或象征着整个太阳年中太阳神最羸弱的时期，这种状态一直持续到新年来临后太阳神实现重生和再造为止。

伊斯纳的奈特宇宙起源论中提及的反叛

在伊斯纳的神庙中，一则神话叙述了发生在太阳神年轻时代的一场反叛。在阿波斐斯自奈特神唾下的唾液中诞生之后（见第 23 页），他立马就在心里孕育反叛计划，他的反叛计划得到了凡人中的同伙的支持。在知道了阿波斐斯的计划后，拉神恼怒了。托特神从太阳神的心脏中出现，与拉神讨论了时局。拉神决定派遣号称"神的语言之主"的托特去与阿波斐斯作战，而他自己与母亲一起逃到了安全的地方。此时他的母亲化身为天上的伊海特牛，此牛被称为曼海特 – 威瑞特（"伟大的游泳者"）。拉神坐在母亲的两只犄角之间的前额上，他的母亲游向了可以安全藏身的北方的赛斯。在这里，拉的母亲为年轻的神哺乳，让他变得足够强壮，以便能重返南方消灭敌人。

《法尤姆书》

这本书最早出现于托勒密时代。书中有一些来自埃及法尤姆绿洲的神话，其中一则为反叛拉神的神话。太阳神听闻凡人与诸神正在密谋反叛他，于是前往法尤姆正南的赫拉克利奥波利斯重镇与他们作战。尽管他获胜了，但是在第二次战役开始前，年迈的神与其母亲伊海特牛（在这里是莫伊利斯湖的化身）撤退到了法尤姆的莫伊利斯镇来避难。神在这里安全躲避了 12 个月，吸食母亲那能使人恢复活力的乳汁，最后，拉骑在母亲背上，两位神明逃到了天上，在天上他的母亲化身为天空。

考姆翁布的反叛神话

这则神话来自上埃及的考姆翁布，这个地方有一座献给索贝克和大荷鲁斯（见第 40 页的专栏）的神庙。该神话也以拉神的敌人密谋反对拉神作为开篇。拉神知道了敌人的计划，与托特和大荷鲁斯一起去搜寻他们，追击他们到了考姆翁布。一到城里，拉神就在自己的宫殿中安顿下来，派出托特神去寻找并侦查敌人。智慧之神发现反叛者驻扎在大湖的岸边。他跟敌人维持着安全的距离，在河堤上侦查，发现共有 257 个敌人，由 8 个头领统帅着。这些人正闲站在那里诽谤太阳神。托特迅速返回，向拉报告了他所看到的一切。

拉神当然变得愤怒了，他宣布不允许任何一个反叛者活着。或许因为其太疲累不能亲自上阵，或因为谨慎地考虑了敌人的兵力，托特神提议说，大荷鲁斯（在这个神话中，他是舒神的一个化身）是一个合适的有经验的武士，可以让他去消灭拉的敌人。拉采纳托特的建议，派出了全副武装的大荷鲁斯。大荷鲁斯屠杀得那么猛烈，他的脸都被血水染红了。

伊德富的带翼日轮的传说

在伊德富的荷鲁斯神庙的墙上刻有托勒密时代的铭文，其中记载有一则反叛太阳神的内容特别详细的神话。在拉统治的第 363 年，当太阳神及其随从正在努比亚航行的时候，坂赫丹特（伊德富的古代名字）的荷鲁斯察觉敌人——无赖塞特神的党羽——正密谋反对国王。在一次先发制人的战役中，拉神派遣荷鲁斯去攻击敌人，荷鲁斯飞上天空变成了一个长着翅膀的大圆盘。"他猛攻他前面的敌人，"我们读道，"敌人既看不见也听不到，而且每一个敌人转眼间就对自己人下手，没有一个人活下来。"[2] 面对弑杀的神明，敌人全都晕头转向了，开始挥舞着武器，杀戮同伴而非对手。这时，拉从太阳船上下来，查看那些倒在地上"头破血流的"阵亡的敌人。

当太阳船的全体船员庆祝胜利的时候，更多的敌人来了，他们变成可怕的鳄鱼和河马，发动了攻击。在反击中，荷鲁斯及其随从用鱼叉与他们战斗。有些敌人逃脱了这次来自诸神的攻击，他们向北方逃窜，荷鲁斯追击，在底比斯附近将绝大多数逃跑的敌人歼灭。残余敌

塞特

塞特与暴力、混乱和邪恶有关，他有时被描绘成一个有着长鼻子、高高的长方形耳朵和直立尾巴的生物，人形的塞特也长着这种动物头。然而，他也能化身为许多其他的样子，包括红色的公牛、沙漠羚羊、猪或河马。

根据《金字塔文》咒语205，出生的时候塞特把自己从母亲努特身上撕下来，这凸显了其与生俱来的暴力本性。塞特是奥西里斯的兄弟。他谋杀了奥西里斯而当上了埃及王，后又卷入了与侄子荷鲁斯（见下文）争夺王位的长期争讼之中。许多女神被列为塞特的配偶，最常提到的是涅斐提斯，但有时则是塔薇瑞特、奈特、阿什塔特和阿娜特。

作为红土地之主，塞特是沙漠之神，他还与暴风雨（他的叫声是雷声）、阴天和大海有关，人们向其祈求天气变好。他也统治着异域之国。尽管塞特常常被描绘成敌人，但是，在太阳神拉夜间航行通过杜阿特的时候，塞特用自己的强大力量保护拉免受混沌之蛇阿波斐斯的伤害。不像绝大多数神明（据说他们的骨头是银子做成的），塞特的骨头是铁做成的，他被描绘成铁之主。许多神庙——尤其是在东北三角洲地区的神庙是献给塞特的，但是，他的主要崇拜中心是在哈马马特干河入口处的黄金产地努布特（即翁布斯）。

人继续北窜，荷鲁斯乘坐着拉的太阳船继续追击。

塞特对荷鲁斯的屠杀行为勃然大怒，结果塞特与荷鲁斯打了起来。荷鲁斯向塞特投掷他的矛，把塞特掀翻在地。他捆住了塞特的双手，把一根绳子套在塞特的脖子上，俘虏了塞特。战败的塞特局促不安，他被带到拉神及其随从面前，接受审判。

太阳神的顾问托特，建议把塞特的随从送给伊西丝，这样伊西丝就可以随心所欲地处置他们了。荷鲁斯和伊西丝并不是宽厚的神明，他们把这些人都砍了脑袋。塞特知道自己是下一个被打击的目标，因

哪个荷鲁斯？坂赫丹特的荷鲁斯、鹰隼荷鲁斯、大荷鲁斯和小荷鲁斯

在埃及神学中，有一批令人困惑的荷鲁斯形象，尽管他们常常被视为不同父母所生的独立的神明，但他们也都可以被视为同一位神明的不同侧面。

《带翼日轮传说》中的坂赫丹特的荷鲁斯，是上埃及伊德富神庙崇拜的荷鲁斯，可能三角洲的埃尔拜拉蒙丘也崇拜这个荷鲁斯。他是哈托尔的丈夫，两地统一者荷鲁斯（荷鲁斯–塞马塔维或哈尔索姆图斯）和伊赫的父亲。就如其他所有的荷鲁斯一样，他常常被描绘成一只鹰，通常盘旋在法老上方，尽管有时他也被描绘成一头狮子。雕刻在全埃及的神庙墙壁上的、在雕梁上最常见的有翼的日轮，也是坂赫丹特的荷鲁斯的形象。

鹰隼荷鲁斯的崇拜中心在埃及南部的希拉康波利斯（即涅亨）。他是王权之神，从最早的时代起就与埃及王权有关系了。作为天空之神，鹰隼荷鲁斯的眼睛被视为太阳与月亮。

大荷鲁斯被描绘成鹰隼头男子，依据不同的神话版本，他被说成是努特和盖伯或哈托尔和拉的儿子。他与（有时是他的姊妹的）伊西丝生了荷鲁斯的四个儿子（见第150页的专栏）。在早期的金字塔文中，大荷鲁斯帮助伊西丝、涅斐提斯搜集奥西里斯的身体碎块，并替奥西里斯复仇。

戴着上下埃及双冠的鹰隼荷鲁斯。

小荷鲁斯常常被描绘成留着年轻人特有的那种侧边发辫的孩子，他是伊西丝和奥西里斯的儿子。在第6王朝时期，他被增补进了金字塔文中。他也被吸纳进赫利奥波利斯神学之中。

此变成了一条蛇，遁入地下去了。后来，荷鲁斯继续追击残敌，一路追到了地中海。然后他把注意力转向了南方，在努比亚发现并杀死了最后一伙敌人。

啤酒拯救世界 [3]

当拉年老时，他的骨头是银子的，肉体是金子的，头发是天青石，人类（像以往一样）密谋反对他。然而，在他们发动进攻前，拉察觉了他们邪恶的计划，下了一道命令，召唤他的眼睛、舒、泰富努特、盖伯、努特、当拉在努恩中的时候与拉在一起的父母亲们（即八个原始神明），以及努恩自己及其臣属。太阳神希望咨询他们的意见，且确保人类不会产生怀疑，所以他们被秘密地带进了他的宫殿。

诸神和臣属们在太阳神面前聚成两排，太阳神端坐在他的王座上。"哦，孕育我以及祖先诸神的最古老的神明〔努恩〕，"拉说道，"瞧，从我的眼睛中生出来的人类，正密谋反对我。请告诉我，对此你会怎么做，因为我正想办法。在我听到你的建议之前，我不会杀死他们。"在考虑了各种可供选择的办法之后，努恩建议道，当拉的眼睛看着这些反叛者的时候，他们会非常恐惧拉。拉知道反叛者已经遁入沙漠之中了，"他们害怕我与他们说话"，拉决定采纳努恩的建议，他派出他的眼睛去打击他们。

拉的眼睛变成了愤怒的哈托尔的样子，并立即饶有兴趣地开始屠杀。她首先杀掉了沙漠中的敌人，接着杀其他人。目睹了他的眼睛对他自己所创造的东西的肆意破坏，拉重新考虑这个问题，并深信只要稍努力一些，他就能继续当王统治人类。现在唯一的问题是哈托尔——他的眼睛，她屠杀每一个她碰见的人，并沉浸于此。如果拉想要阻止她，他就必须想出一条妙计。

为了终结这种暴力活动，拉派遣使节到了埃及南部的遥远的埃勒凡泰尼，命他们带回红赭石。在得到这种原料后，他让赫利奥波利斯

哈托尔

哈托尔的名字的意思是"荷鲁斯的房子",通过那扎着发带的长长的黑色假发、头顶的两牛角之间的蛇标和日轮,我们可以辨认出人形的哈托尔。有时候,她戴着秃鹫头饰。哈托尔通常也被描绘成一头圣牛,两只牛角之间有一个日轮。她的第三种样子为长着牛耳朵、戴着假发的正面面对观看者的人形样貌。

在丹德拉,哈托尔被描述为荷鲁斯的妻子,她与荷鲁斯生下了儿子伊赫、荷鲁斯-塞马塔维(两地统一者荷鲁斯)。其他材料则将她描述为太阳神拉的妻子,但哈托尔有时也被称为太阳神拉的母亲,而在化身为太阳神拉的眼睛时她是拉的女儿。

作为一头圣牛,哈托尔保护着国王,充当国王的保姆,就如她在凯姆尼斯照料小荷鲁斯一样照顾着国王。哈托尔也被说成是国王的妻子和母亲。然而,对埃及的普通民众来说,她与爱情、女性、生育和母性有关,她为妇女的分娩提供帮助。人们把她与欢乐、音乐、舞蹈和酒精饮品联系起来。作为无花果树的女主人,哈托尔象征着自然世界的生殖力,她为死者带来了荫凉、空气、食物和饮品。而作为西方的女主人,她照看着埋葬在底比斯的死者,欢迎他们进入来世。哈托尔也与从沙漠、异域输入埃及的矿物、资源有关系,尤其是与绿松石、铜关系密切,她庇佑着在遥远矿区干活的矿工。

尽管与哈托尔有关的崇拜中心有很多,但是最起码在晚期埃及史上,她最重要的神庙是在丹德拉。

的拉的最高祭司去研磨,将其磨得与人的血液一样。然后,他将它与七千罐啤酒混合在了一起。在晚上,拉把啤酒送到哈托尔(现在完全是暴虐的塞赫曼特的样子)休息的地方,倒在田野里。他希望女神在醒了后,会误以为自己被血液(她现在最喜欢的饮品)所包围。一切按照计划进行,第二天早上,哈托尔-塞赫曼特睁眼醒来,掉进了一个红色的梦里。她喝着喝着,最后醉倒了,很快忘记了她对人类的愤怒。

塞赫曼特女神。

拉的离开[4]

　　尽管拯救了人类，但是拉觉得自己太累了，无法继续亲自统治埃及。诸神试图劝他不要离开，但他坚决要走。"我的身体第一次这么虚弱，"他告诉他们，"我不会等到另一场〔叛乱〕降临到我身上。"努恩勉强接受了拉的决定，他对舒说，你的眼睛去保护拉，让太阳神坐在努特的背上。这可让天空女神慌乱了，因为她对这项意外的责任没有准备，也不确定该如何做。"拉究竟如何才能坐在我背上呢？"她问努恩道。"别傻了，"他回答道，说着努特变成了一只牛，她的背部为年迈的太阳神提供了足够的地方。当拉坐在变成牛的努特身上的时候，人们上前来，说他们已经打败了他的敌人以及阴谋反对他的人。然而，拉对他们置之不理，出发前往他的宫殿，他身后的埃及处人了黑暗之中。

第二天拂晓时，拉醒来了，发现人类已经发明了射杀敌人的弓和棍棒。太阳神愤怒了，宣布道："哦，屠夫们，你们的卑贱紧随你们的脚跟而来；愿你们的屠戮远离〔我〕。"他们的行为坚定了拉离开的决心。他让努特把他举到天空中，他说道，"远离他们！"他们升起到天空中，努特日夜陪着拉，帮助拉对宇宙作一些最后的调整：拉神从天上遥远的地方，命令努特创造银河。然后，他自己则创造出与死者相关的两处地方——芦苇地和祭品地，以及行星和其他星星。努特因太高而害怕地颤抖不已，于是，拉创造了"无限者"（两组各四个神明）去协助舒神来支持努特。

然后，拉神传唤盖伯，在谈及藏身在地下（盖伯身体里）的蛇的时候，给盖伯下了指示："要留意，因为那些蛇就在你身体里！""看，当我在那里的时候，他们害怕我。你也已经知道了他们的魔力。现在，去我父亲努恩所在的地方，去告诉他继续监视陆生、水生的蛇。"他补充说，盖伯要到蛇所生活的土堆上发出警示，告诉他们要"小心不要作乱"。"他们应当知道我在这里，"拉宣布道，"因为我正照耀着他们。"盖伯永远留神注意着蛇的魔力，监视着它们。

对盖伯吩咐完后，拉传唤托特，任命他为月亮和宰相（即拉神的神圣副手，相当于法老宫廷的官僚机构里的宰相职位）。拉也拥抱了努恩，告诉在东方天空中升起的诸神，要赞美孕育拉神的、最古老的神努恩。然后，他对创造做了最后的指示：

> 是我，创造了天空，并把〔天空〕放在合适的位置上，使诸神的巴得以安置；这样，在岁月的流逝中产生的永恒的〔时间〕循环里，我就与他们永久地在一起了。我的巴是魔力。它〔甚至〕比这个更伟大。
>
> ——《天牛书》

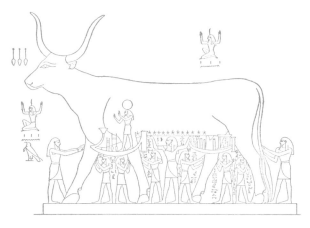

《天牛书》中舒与八位海赫神支撑圣牛的场景。

一个神明的巴（ba）或巴乌（bau，复数的巴，因为诸神可以有很多巴）是一种存在形式，是神圣力量和神明自身的显现，地上的人们由此可以感觉到或体验到神。在这个全新的、重组的世界里，风是舒神的巴，雨是海赫神的巴，黑夜是黑暗的巴，拉本身是努恩的巴，鳄鱼是索贝克神的巴，而奥西里斯的巴是门德斯的神圣公羊。每个神明的巴，都生活在蛇的身体里。阿波斐斯的巴在东方的山中，拉的巴则在全世界的魔力之中。

拉惩罚反叛者

拉不仅以远离尘世的方式惩罚人类，而且还缩短了人类的寿命：

> 他们发动战争，煽动骚乱；为非作歹，制造反叛；杀人放火，设立囚牢。而且，对于我所创造的一切，他们把大的变成小的。托特，请显示你的伟大吧，他即〔拉－〕阿图姆如是说。你不要〔再〕看着他们行不义之事了，你不要忍耐下去了。缩短他们的年数，缩

短他们的月数，因为他们对你所造的一切造成了隐秘的损害。

——《亡灵书》咒语 175

◀ 舒王的统治 ▶

拉返回了天堂，他的儿子舒继他为王，作为天堂、尘世、杜阿特、水与风的完美之神统御天下。他迅速杀死了那些反对他父亲的反叛者，把阿波斐斯的子嗣做了祭品。后来，当空气变凉、地面变干的时候，舒神创立了城市，建立了诺姆（尼罗河谷和三角洲的行政区），捍卫了埃及的边界，在南、北部建造了神庙。一切都很顺利，只是他与他那惹是生非的儿子盖伯关系不好。有一次，盖伯变成了一只野猪，吞下了当时仍在对舒进行庇佑的拉之眼。盖伯否认了这一行径，但拉之眼从他的皮肤中流了出来，就如生病时的情况那样，最终只好由托特把拉之眼放回到地平线之处。然后，盖伯攻击了舒，作为惩罚，他被迫喝下尿液。盖伯化身为一头公牛，与他的母亲泰富努特发生了性关系，这也激怒了他的父亲。就如之前一样，起初他拒绝承认对舒神犯下的罪行，但是，当一支长矛刺入他的大腿的时候，他就招供了。

当舒住在孟菲斯的时候，有一天，他传唤大九神团的诸神，吩咐他们陪伴他东行前往某个地方，他要去见他的父亲拉 - 哈拉凯提（以"双地平线上的荷鲁斯"样子出现的拉），并与后者呆一段时间。他们欣然从命，之后不久，他们就住进了逊位国王在尘世的家里。然而，这不是一次愉快的经历。当诸神享受着与拉在一起的快乐时光的时候，阿波斐斯的子嗣们，沙漠中的到处劫掠的反叛者们，他们从东方而来，计划干一些破坏的勾当。他们的目的不是征服疆土，而是要毁灭疆土。凡是他们所过之处，无论陆地还是水域，都遭毁坏，成为一片无法再居住的焦土。听闻了肆虐埃及东部的混乱后，舒召集了他的随从和拉的随从，命令他的人占据雅特 – 涅贝斯（今萨弗特·埃尔 – 赫纳，三角洲正东南的沙漠中的一个地方）的山丘上的有利地势。自从拉王时代起，这些山丘就存在了，这会是保护太阳神和埃及的完美的屏障。正如预期的那样，阿波斐斯的子嗣来了，双方投入战斗。舒很快屠杀了他的敌人，并把所有反对他父亲的敌人都击退了。

舒或许赢得了这场战斗的胜利，但是却没有赢得这场战争的胜利。在他战胜了阿波斐斯的子嗣后不久，一伙反叛者领导的一场革命在舒的宫殿爆发了。舒被击败了，尘世陷入了混乱。像他的父亲一样，舒去了天上，将他的妻子泰富努特留在地上。或许是为了躲避周围的危险，泰富努特在正午离开了孟菲斯，她本来想去其他地方的另外一个更加安全的宫殿，但是却到了叙利亚 – 巴勒斯坦的一个小镇帕卡瑞提。在拉统治的时代发生过类似的事情，以太阳神之眼出现的泰富努特试图离开埃及，但是却被奥努里斯、舒或托特带了回来，这一次则是盖伯去寻找他的母亲，将她带回到宫殿里。

埃及并不比异域更安全，一场大规模的骚乱仍笼罩着宫殿。一场强暴风雨来临了，在这场强烈的风暴中，不论人还是神都看不清彼此。所有人在宫殿里被困了九天，直至混乱平息、天气恢复正常。终于，盖伯正式登上了他父亲的王位，他的臣属们在他的面前亲吻大地。然后，盖伯赞扬了刻在赫利奥波利斯的"伊杉德"圣树上的他父亲的名字 —— 圣伊杉德树上由托特刻写上了所有埃及国王的名字及其享国的时间。

◀ 盖伯王的统治 ▶

即位后不久，盖伯离开他的宫殿前往埃及的三角洲，跟着他那飞到天空中的父亲到了雅特 – 涅贝斯镇。抵达后，盖伯询问了当地的情

托特（右）在伊杉德（鳄梨）圣树上刻写国王享国的时间。

况，要求诸神告诉他拉身上所发生的所有事情、已经发生了的所有战役，以及有关舒的所有事情。他们讲述了舒对阿波斐斯子嗣的大胜以取悦盖伯，言语中提及这位上一任统治者头上佩戴着的活蛇标（直立的眼镜蛇）。盖伯听闻了这件事后，也想像他父亲一样，佩戴这样的活蛇标。不幸的是，活蛇标被密封一个箱子里，而箱子藏在皮亚瑞特（靠近现在三角洲的萨弗特·埃尔－赫纳）的某个地方，因此，首先需要确定活蛇标所在的位置。然而，这样的小事根本阻挡不住新加冕的国王，他 刻也没有耽误，立马召集他的随从，出发去寻找活蛇标。

盖伯及其随从很快发现了箱子的位置，但是，当神圣的王探身向前去打开盖子的时候，蛇标从里边跳了出来，吐出一大团火焰攻击他。盖伯的随从当场死亡，火的力量把他们烧成了灰烬。国王幸免于难，但是他的头被严重烧伤了。盖伯遭受着疼痛的折磨，前往海努草之地去寻求治疗之法，但是一无所获。然后，他命令他的一个随从，拿来了充满力量的拉的假发（一种巫术物品）。这是能治愈他伤痛的唯一的物品。这假发成功治愈了盖伯，并在之后展现了许多新的奇迹。其中之一便是，它变成了一条鳄鱼，这条鳄鱼便是后来的雅特－涅贝斯的索贝克。

得到治愈并在法尤姆绿洲正北的伊提塔维的宫殿中休养的盖伯，他的下一步行动就是派遣一支军队进攻反叛的亚洲人，把大量战俘带回埃及。接着，他听闻了更多关于舒的统治的故事，然后要求属下提供一份拉和舒下令在尘世建造的所有聚居地的清单。大多数地方都被反叛的阿波斐斯的子嗣给摧毁了，因此，盖伯命令重建这些地方。数以百万计的聚居地被重新建立起来了，这些地方的名字被记载在长名单中（写在记载此神话的神殿的墙上），以此证明了盖伯为埃及行的善行。

尽管盖伯是一个成功的统治者，但是他认为他的儿子奥西里斯会是一位伟大的埃及国王，是一位能够把国家带向繁荣的神明。所以，他决定放弃王位，就如舒和拉在他之前所做的那样。他给了奥西里斯这片土地，连同"土地上的水，风，植物和所有的牲畜。所有飞着的、落着的，于其上的爬虫和沙漠里的鸟兽……"[6]。这样，奥西里斯当了王，诸神统治的新时代开始了。

奥西里斯王的统治

盖伯退位了，王位传给了他的儿子奥西里斯。奥西里斯是与丰产、再生有关的神明，他死后（因为埃及诸神是会死的）成为杜阿特的主人和受祝福的死者的统治者。在艺术作品中，奥西里斯被描绘成紧紧包裹的木乃伊，站着或坐着，以加冕的形象出现，皮肤颜色为象征沃土的绿色或黑色。他手拿法老手中拿的那种权杖和连枷，脖子上戴着精致的项圈，头戴阿太夫王冠。这顶王冠与法老的上埃及白冠（从下往上逐渐变细、顶部为球形的锥形高帽子）相似，但在两侧多了两束长羽毛。有时候，阿太夫王冠上装饰有日轮和牛角。

◄ 加冕与统治 ►

在赫利奥波利斯诺姆，拉用阿太夫王冠为奥西里斯加冕，但是王冠强大的热量使新王病了。奥西里斯病了很长时间，在仪式之后，拉看到奥西里斯坐在他的家里，他的脸全肿了。这对他的统治而言是一个不祥的开始。但是，奥西里斯很快获得了伟大而仁慈的国王的声誉。其实，在登上王位之前，奥西里斯当过宰相、赫利奥波利斯的祭司长、王家传令官，已经得到了很好的历练。站着的时候，他有 8 腕尺 6 掌 3 指高（约 4.7 米或 15.4 英尺），在战场上肯定让敌人闻风丧胆。他的统治时期被描绘成一个繁荣的时代，那时，所有的资源都被很好地掌

奥西里斯头戴阿太夫冠，手持王的权杖和连枷。

控，国家稳定，生活美好。努恩的无序的水在海湾里，清凉的北风吹着（在埃及的酷热之中，人们特别期盼北风），动物繁衍滋生。阴谋者被镇压，奥西里斯在诸神中受到尊崇。事实上，在统治早期，奥西里斯面临的唯一一次严重的危机事件发生在一天晚上，当时一场暴风雨袭击了埃及，塞赫曼特女神必须用自己的力量对付雨水以挽救他。

在后来的故事（来自两位希腊历史学家西西里的狄奥多罗斯、普鲁塔克为后世所作的记载，分别完成于公元前1世纪和公元2世纪）中，我们了解到，许多种社会结构和习俗的创建，应归功于奥西里斯的统治。在普鲁塔克的叙述中，当了王的神教会了埃及人如何耕作土地，也为他们制定了律法，教会他们尊崇诸神。根据西西里的狄奥多罗斯，奥西里斯为人类的社会生活做了很多善事。因为伊西丝发现了小麦和大麦，于是他首先让人类放弃了食人习俗，人类不再食用同伴而改食小麦和大麦。伊西丝也制定了律法，而奥西里斯在底比斯为他的父母和其他神明修建了神庙。两位神明尊崇那些培育技艺、促进技术进步的人。一项特别的进步就是铜制工具的开发，它能帮助人们高效地杀死动物和进行农业活动。根据狄奥多罗斯，奥西里斯最早发明并品尝了葡萄酒，他在任何事情上都与托特神商量。在另外一份材料中，肯铁曼图（一般来说他是奥西里斯神的一个化身）当了神王的宰相。胡神（权威的化身）当了奥西里斯的上埃及将军，而西阿（知觉）则是下埃及的将军。

狄奥多罗斯、普鲁塔克记载道，后来，奥西里斯集结了一支庞大的军队，周游世界，把种植小麦和大麦、酿造葡萄酒的知识教给民众，让伊西丝（奥西里斯的姊妹兼妻子，在子宫中的时候，显然奥西里斯就与伊西丝相爱了）在他不在的时候统治埃及，让托特做她的顾问。

朱鹭头的托特神。

奥西里斯把他的儿子阿努比斯（见第150页的专栏）和马其顿（这是一位取代了埃及神维普瓦维特的希腊神明），另外还有潘（敏）带在身边。他的军队由精于农业的男子、乐手、歌者和舞者组成，奥西里斯显然喜欢笑声、食物和娱乐。普鲁塔克说，奥西里斯依靠自己的魅力、说服能力，以及音乐和舞蹈的吸引力，获得了他所遇到的人的支持。

就如许多身处间隔年（gap-year）的学生一样，当奥西里斯开始旅行的时候，他决定在返回家之前不修剪头发。首先，他向南进入了埃塞俄比亚，在那里他建立了城市，把神奇的农业教给了人们，让人们以他的名义统治该地；这些是值得信赖的人，奥西里斯从他们那里收取贡品。最后，他前往印度，在那里建立了更多的城市。然而，奥西里斯的旅程并不完全是一趟和平之旅。比如，他在色雷斯杀死了野蛮人的王。在周游了整个世界之后，奥西里斯带着无数来自异域的礼物返回了埃及。

奥西里斯（紧紧包裹得像木乃伊）和伊西丝站立在荷鲁斯的四个儿子面前。

◀ 奥西里斯的子嗣 ▶

根据普鲁塔克，奥西里斯与他的姊妹、塞特的妻子涅斐提斯有染，因为他把涅斐提斯认作了伊西丝（好吧，她们两个人的确长得很像）。涅斐提斯担心塞特因其私通他人而惩罚她，就把与奥西里斯通奸所生的孩子遗弃了（这是典型的罗马人的做法，因此，这个细节也许是普鲁塔克增添进神话当中的）。而伊西丝尽管遭受了丈夫不忠的打击，仍然出去寻找这个被遗弃的孩子。几经周折，伊西丝在狗的帮助下找到了孩子。她把这个孩子抚养大，他日后成了她的护卫阿努比斯。

然而，阿努比斯并不是奥西里斯的第一个孩子。奥西里斯最出名的孩子，是他与其姊妹兼妻子伊西丝所生的小荷鲁斯（见第40页的专栏），而他最早生育的是一个不知名的女儿，我们只是从中王国晚期的一段咒语中知道她的存在，她的职司为制作泥砖。显然，她曾经有这样的想法：奥西里斯只应以加斯植物（*djais-plants*，一种有毒的草本植物）和蜂蜜为食，而后者对生活在杜阿特（奥西里斯来世的家园）里的人来说却是苦的。正因为这个，她可能被派去制作泥砖，以此作为她产生了谋害其父亲的想法的惩罚。也有种说法是，以人类内脏为

涅斐提斯

涅斐提斯（意思为"宅第的女主人"）常被描绘成人形女神，有时候也被描绘成鸢，她是努特和盖伯的四个子嗣之一，是她的兄弟塞特的妻子。根据后来的传说，她也是阿努比斯的母亲。在神话中，她帮助她的姊妹伊西丝保护并复活了奥西里斯，与伊西丝一起哀悼奥西里斯，帮助伊西丝保护荷鲁斯免受塞特的伤害。对死者而言，她扮演了类似的保护角色；在石棺上常常能看到她的形象，她与哈皮神一道保护死者的肺脏（与木乃伊尸体相分离，单独保存在丧葬罐中）。涅斐提斯没有自己的崇拜中心，但是，在第26王朝以来的护身符上常常能看到她。

食的好斗的神圣狒狒巴比神（见第 161 页的专栏）是奥西里斯的长子，而天空中最亮的星星（天狼星）的化身索普丹特是奥西里斯的另外一个女儿。在《棺文》中，与丧葬和墓地有关的豺狼神维普瓦维特，也被描述为奥西里斯的儿子。

◀ 塞特谋杀奥西里斯 ▶

关于奥西里斯之死的唯一完整的描述，出自上面我们提及的希腊作家西西里的狄奥多罗斯和普鲁塔克的著述。古埃及的材料对此鲜有记述，因为详细描绘神的死亡是不合体统的。这里，我们首先依赖古希腊材料来重建完整的故事情节，然后阐释这些情节是如何为来自坟墓、纸草上的古埃及文献所支持的。尽管普鲁塔克的记述要晚一些，但是他的记述是两个古希腊作家中较为充分的，因此，我们从它开始进行论述。

普鲁塔克和狄奥多罗斯记载的奥西里斯神话

在奥西里斯旅行结束返回家里后，他的兄弟塞特召集了 72 个同谋，伙同一个埃塞俄比亚女王，密谋反对奥西里斯。塞特偷偷地量了奥西里斯的身体，依照其身材制作了一只装饰有珠宝的漂亮箱子。他命人把箱子抬到举办庆典的房间里，这样，在场的人就能惊叹于箱子的美丽了。如其所料，他的宾客对箱子印象深刻。塞特宣布，不论是谁，只要躺进去大小合适，就把箱子给谁。宾客为塞特的提议所引诱，轮流躺进去试，但大小都不合适。直到奥西里斯躺进去，发现大小正合适。此时，塞特的同谋跳上前去，封住了箱子，把钉子钉进木头中，倒上熔化了的铅封住了缝隙。他们一刻都没有耽误，立马把箱子扔到河中，看着箱子顺着尼罗河漂向大海。此事据说发生在奥西里斯在位的第 28 年或其 28 岁那年。

在科普托斯城的伊西丝，知道了这个可怕的消息，她就剪下一绺头发，穿上了丧服。她不知所措地到处搜寻，直到有一天，她遇到一群小孩，问他们是否看见过一只箱子。幸运的是，他们曾经见过那只箱子，但是那时箱子正漂向大海。经过进一步的调查，伊西丝得知箱子已经漂到了比布鲁斯，在那里，箱子沉入了一簇石南属植物中。之后，植物长成了一棵大树，大树把箱子藏在它的树干中。伊西丝不愿意浪费太多的时间，赶紧出发去取回箱子。但是，在其赶往比布鲁斯的时候，比布鲁斯的国王来到了海边，对这棵树的高大赞不绝口。他需要一根支撑宫殿屋顶的坚固柱子，便砍下了树干中最粗壮的部分（装着奥西里斯的箱子就藏在这里边），把它带回家里。这样，当伊西丝到达的时候，除了残余的树干，什么也没有找到。她坐在一眼泉水旁边，黯然落泪。在这里，她遇到了王后的一群侍女。她与她们说话，给她们编发辫，让她们沐浴在一种奇妙的香气当中。当侍女们返回宫殿时，王后闻到了她们的香味，立即要求把伊西丝带到她面前，接着她就让伊西丝当她的孩子的保姆。

每天晚上，当国王与王后睡着的时候，伊西丝便用巫术烧掉小王子身体里属于凡人的部分。她还化身为一只燕子，绕着藏有奥西里斯尸骸的柱子飞，哀悼去世的丈夫。一天晚上，王后听到了卧室门外的吵闹声，蹑手蹑脚地出去查看。她发现她的孩子身上着火了，吓得尖叫起来，打断了伊西丝施法，这样小王子就丧失了得到永生的机会。露了馅的伊西丝，现在以女神的真身现身，向王后要那根柱子。王后无法拒绝伊西丝的要求，看着伊西丝移开了柱子（幸运的是柱子此时还没有支撑任何东西），切开木头，箱子露了出来。伊西丝立马扑倒在棺材上号啕大哭，她的感情是如此强烈，以致小王子经受不住死掉了。

回到埃及后，伊西丝藏起了箱子。但是，一天晚上，塞特借着月光出去打猎，无意中发现了箱子。塞特认出了奥西里斯的尸体，就把

奥西里斯神躺在停尸床上，伊西丝（右）与涅斐提斯（左）哀悼他的死亡。

尸体撕成 14 块，扔在了埃及境内的不同地方。伊西丝知道了塞特的恶行，驾着纸草船穿过沼泽地，去寻找丈夫的尸体块。她找到了奥西里斯身体的所有其他部分，唯独没有找到他的阴茎。奥西里斯的阴茎被尼罗河的鱼吃了，因此，她做了一个假阴茎。普鲁塔克在这里讲道，一些神话说伊西丝在发现尸体块的每一个地方都分别举办过葬礼，以此来解释为什么会有那么多地方有奥西里斯的坟墓；其他神话则说，伊西丝只是假装在这些地方埋葬尸体块，以便她的丈夫能够获得更多神圣的礼遇。多处墓葬也有助于避免塞特发现神的真正的坟墓。

　　早于普鲁塔克的狄奥多罗斯对奥西里斯的死亡的叙述稍稍简练一些。他讲述了塞特如何谋害他的兄弟以及把尸体切成 26 块，又如何把每一块尸体分别交给不同的随从。但是，伊西丝和荷鲁斯（可能是大荷鲁斯，但是在普鲁塔克的描述中没有提到他；关于大荷鲁斯见第 40页的专栏）开始复仇，他们杀死了塞特及其追随者。后来，伊西丝出去寻找奥西里斯的尸体块，除了丢失了的阴茎外，她找齐了奥西里斯的所有尸体块。为了保护她丈夫的尸体免受塞特（看来塞特没有被杀掉）的破坏，伊西丝决定不能让人知道奥西里斯的埋葬地究竟在哪里。但是这造成了一个难题：若没有可以去拜谒的坟墓，埃及的人们该如何向奥西里斯表达敬意呢？

她的解决方法很巧妙：她拿来奥西里斯尸身的每一个部分，用香料和蜡制作出奥西里斯的完整的假体。这样，不论是哪一块身体部位，看起来都是完整的奥西里斯。然后，她分别召唤了各个组的祭司，把"尸身"给了他们，告诉他们这就是奥西里斯的真身，指示他们要在他们管理的区域里埋葬并照料好奥西里斯，举办日常的祭祀活动。各个组的祭司回去为死去的神修建了坟墓。因此，全埃及有多处地方称自己为奥西里斯真正的墓地。狄奥多罗斯补充说，伊西丝发誓永不再嫁，终身统治埃及。她死后得到了永生，葬在孟菲斯附近。

关于奥西里斯神话的古埃及材料

记载奥西里斯死亡神话的古埃及材料本就寥寥，而神话在埃及几千年历史中不断发生变化这一事实则使情况更为复杂。奥西里斯死亡的神话，最早出现在古王国时代乌那斯金字塔的墙壁上刻写的《金字塔文》（见第108页的专栏）中。

《金字塔文》中的叙述

依靠散落在《金字塔文》咒语中的有关奥西里斯死亡的材料，可能可以复原出这样的情节：（似乎因为奥西里斯踢了塞特，）塞特在涅底特的河岸边把奥西里斯"扔到了地上"[1]。以鸢的样子现身的伊西丝和涅斐提斯，出去寻找奥西里斯的尸身。发现了奥西里斯的尸身后，伊西丝和涅斐提斯做出了表示哀悼的仪式性姿势：伊西丝坐下，把手举过头顶，而涅斐提斯则抓住自己的乳头。这两位女神竭力防止奥西里斯的身体腐坏，阻止其体液流到地上，阻止尸身变臭。最终，借助仪式和巫术，她们复活了她们的兄弟。

以茑的形象出现的伊西丝女神。

《金字塔文》中的另外一个版本讲述道，塞特"将奥西里斯打倒"[2]，奥西里斯的尸体在盖赫塞特（即"瞪羚之地"）被发现。然而，另外的咒语表明，奥西里斯是淹死的，或至少是遭到杀害后被扔到了水中。奥西里斯溺水而死的这个细节，事实上得到了后来的文献的支持：一份可能出自新王国时代铭文引述了荷鲁斯给伊西丝和涅斐提斯下的命令，他让她们抓住奥西里斯，以免奥西里斯沉入已经淹没了他的水中。第 26 王朝早期的一份纸草也提及，奥西里斯被扔到水中，一直漂到了东北三角洲的伊曼特。

索尔特纸草第 825 号

索尔特纸草第 825 号的文献名为"木乃伊制作过程的终结仪式"，其中包含有奥西里斯死亡神话的一些元素。该纸草说奥西里斯死在塔维尔（意即"伟大之地"），塔维尔通常指奥西里斯的主要崇拜中心——阿拜多斯所在的诺姆。塞特在那里拦截住奥西里斯，在阿拜多斯的哈特杰发乌的涅底特攻击了他。泛滥季头一个月的第 17 日，塞特在阿茹树（*aru-tree*）下对奥西里斯使用了暴力，将奥西里斯扔到水中。努恩神（他是水）升起来遮住了奥西里斯的身体，带走了他，把他藏了起来。听闻了这些事情，拉急忙去看发生了什么事。舒和泰富努特哭泣着，尖叫着，宇宙陷入了混乱。男女诸神把手举过头顶，白日变成黑夜，太阳黯淡无光，大地上下颠倒，河流不能通航。四个方位基点变得无序，现存的任何生物，不论是凡人还是神明，都哭泣着。

奥西里斯的身体被切成块了吗？

不同于后世的狄奥多罗斯和普鲁塔克的记载，这些金字塔文中的零星神话段落并没有明确提及塞特肢解奥西里斯，但是在金字塔文中却提到，荷鲁斯收集齐了奥西里斯的尸身，可能这是在塞特把奥西里斯肢解后扔入尼罗河之后的事情。"我是荷鲁斯，"铭文写道，"我为你而来，我来净化你，洗净你，复活你，为你收集你的骨头，为你收集水里漂着的你的尸骨，为你集合你被肢解的身体块。"[3] 此外，一些神庙列出了埋葬奥西里斯身体的各个部位的圣地的名单。尤其是，有时候一个身体块被描述成埋葬在埃及的各个诺姆中。一份来自新王国时代的纸草记载了有关奥西里斯和塞特的神话，其中同样提及了奥西里斯被分尸的情节。而在一份更晚的纸草中，泰富努特、伊西丝和涅斐提斯在莱托波里斯的一处灌木丛中找到了神的肩胛骨和胫骨。

◀ 孕育荷鲁斯 ▶

当伊西丝找到奥西里斯的尸体（或重制尸体）后，她使用巫术把奥西里斯复活了一段时间，而这段时间刚好够她受孕。伊西丝是如何复活奥西里斯的，不同的材料有着不同的说法。丹德拉的哈托尔神庙中的晚期神话版本，提及伊西丝站在神的右侧，托特站在其左侧。他们把手放在奥西里斯身体的两边，举行"开口"仪式（见第 146—147 页），来复活奥西里斯（"开口"仪式为埃及祭司对木乃伊施行的仪式，目的是"唤醒"死者以开启来世的旅程）。另外一个版本是这样的：以鸢的样子现身的伊西丝拍打着翅膀，为奥西里斯提供生命的气息：

> 他的姊妹保卫着他，击退敌人，用咒语的力量阻止扰乱者〔塞特〕的行为。巧言妙语的伊西丝，她的言辞不会失败，她的命令总被执行。强大的伊西丝，她保护着她的兄弟，不知疲倦地寻找他，她在地上徘徊恸哭，一刻不曾停息地找到了他。她用她的羽毛形成荫凉，用她的翅膀制造气息，她为她的兄弟欢呼，她与兄弟结合，把没有气力的兄弟从迟钝中唤起，接受了他的种子，孕育了子嗣……[4]

——阿蒙摩斯石碑上的《奥西里斯大颂歌》

在受孕的那一刻，出现了一道闪电，这让诸神感到害怕。伊西丝知道塞特会找到她，于是要求诸神保护她肚子里的胎儿。但是阿图姆想知道，她是如何确定胎儿是神明的。女神说，她是伊西丝，而胎儿是奥西里斯的孩子。这句简单的话说服了阿图姆，他命令塞特远离怀

以鸢的样子现身的伊西丝，盘旋在死去的奥西里斯上方，孕育了荷鲁斯。

孕的伊西丝，他让女蛇神维端特赫卡乌（"拥有强大巫力的"）去提防塞特。

◀ 塞特从瓦贝特偷走了奥西里斯的遗体 ▶

即使在拼凑起奥西里斯的遗体之后，仍有必要保护遗体免受塞特的伤害。首先，我们得知，努特罩住了奥西里斯，把他藏了起来，以免他的敌人找到他。甚至后来，当阿努比斯制作奥西里斯的木乃伊（对尸体作防腐处理是阿努比斯神的众多职司之一）的时候，塞特继续对奥西里斯构成威胁。有一天，当天近黄昏的时候，塞特找到了时机，阿努比斯把奥西里斯的遗体单独留在了瓦贝特（防腐处理的地方）。为了不被发现，狡猾的神变成了阿努比斯，正如计划的那样，守卫没有认出塞特。塞特在瓦贝特抢到了奥西里斯的遗体后，在河上用船载着遗体向西去了。但阿努比斯很快知道了这件事，立马与他的随从出发去追击。当他们追上塞特的时候，塞特化身为一头公牛，来恐吓狗头神阿努比斯。但是阿努比斯抓住了塞特，绑住了塞特的胳膊和腿，割掉了塞特的阴茎和睾丸。打败了敌人之后，阿努比斯背上了奥西里斯的遗体，准备把遗体送回瓦贝特，塞特则被他囚禁在上埃及第17诺姆的萨卡中的一处折磨之地。

还有一次，塞特再次攻击奥西里斯的遗体，之后化身为一只大猫。但是，塞特被抓住了，并被施以烙刑，豹子身上的斑点就是这么来的。后来，塞特化身为阿努比斯（这毕竟是个好计谋，值得多次使用），又偷了奥西里斯的遗体。就像以前一样，塞特又被抓住了，但这一次塞特被判处终其余生做奥西里斯的椅子。

也许塞特不愿意永远支撑尸体的屁股，就逃进了沙漠。阿努比斯和托特追击塞特，后者使用巫术打倒了塞特。塞特的胳膊和腿被捆住

奥西里斯和博尔贾家族

1493 年，教皇亚历山大六世（罗德里戈·博尔贾），委托他的画师平图里基奥在他于梵蒂冈的私人公寓中绘制壁画。在这些壁画当中，有一些描绘了长有翅膀的斯芬克斯和尼罗河的棕榈树，其中还有奥西里斯神话和阿皮斯圣牛。这些异教的画像出现在这里颇不寻常，但是题材的灵感来自教皇的秘书乔凡尼·南尼的创造性工作：他把教皇亚历山大的世系上溯到伊西丝和奥西里斯，他声称，奥西里斯在周游世界的时候，把埃及的智慧带到了意大利。在博尔贾家族的盾徽中有只公牛，这一点强化了该家族与奥西里斯、伊西丝的关系。现在，这只公牛被说成是阿皮斯圣牛，由此就把教皇与教化人类的奥西里斯联系了起来。

了，这两位神决定烧死他，希望彻底除掉他。燃烧的气味传到了天上，"拉与诸神觉得它〔气味〕让人感到愉悦"[5]。然后，阿努比斯剥了塞特的皮，穿在了身上。阿努比斯穿上令人恐怖的塞特皮做的衣服，与他的敌人的追随者们会面，在一个山坡上混入他们当中。夜幕降临的时候，阿努比斯把他的暴力计划付诸行动。他挥刀一扫，割下了敌人的首级，从这些无头尸身上流出的血，淌遍了整个山坡。

然而，在阿努比斯为奥西里斯制作木乃伊的时候，他所面临的问题并不仅仅是塞特的破坏：防腐处理本身似乎就让阿努比斯难以承受。一则神话叙述了狗头神如何忧心如焚，如何变身为蜥蜴，如何匆忙从瓦贝特出来，向人们诉说他在（可能是奥西里斯那毫无生气的尸体）里面所看到的恐怖的东西。诸神听了这个消息后，都变得不平静了，都哭了起来。

◀ 奥西里斯的葬礼 ▶

当奥西里斯被做成木乃伊后，拉下令为死去的神举办一场葬礼。阿努比斯来主持丧葬仪式，盖伯帮助阿努比斯做正式准备工作。当送葬队伍在尼罗河上航行的时候，哀悼者紧盯着塞特的追随者们，并且一度遭到化身为牛的爬行动物攻击。然而，送葬队伍成功避开了他们的攻击，继续前往举办葬礼的阿拜多斯。一路上，伊西丝和涅斐提斯都在哭泣。后来又举行了庆典，诸神很高兴。为了保护奥西里斯的遗体，阿努比斯在坟墓周围布下了名叫"守护奥西里斯的诸神"[6]的蛇群。

◀ 奥西里斯当上了受祝福的死者的王 ▶

尽管，伊西丝使用巫术复活了奥西里斯，得以怀上一个儿子，但是被谋杀的神并不能完全回到活人的世界。复活了的奥西里斯只能生活在杜阿特，在这里他作为王统治着受祝福的死者。他只能生活在这个地方，只能通过使节与活人的世界进行联系。作为世界上的再生的力量，奥西里斯在每天晚上的半夜都会与身体欠佳的太阳神合二为一，为太阳神注入充足的能量，使其能在早晨升起在东方，继续他在天空的巡游。他也主持对死者的审判，当用马阿特的羽毛对死者的心脏进行称重的时候，他会在旁监督（见第8章）。

◄ 4 ►

塞特王的统治与荷鲁斯的胜利

奥西里斯死后，塞特登上埃及王位。关于塞特统治的时间，不同的材料有着不同的说法。《都灵王名表》说他统治了至少100年，而马内托的《埃及史》（托勒密时代编纂而成，原书失传，后世著述对该书进行了引用——偶尔也有所改动）说他统治了29或45年。在其统治时期，在塞特崇拜最强烈的城镇和诺姆（特别是上埃及第19诺姆、下埃及第11诺姆）中的追随者的支持下，塞特"用他那邪恶的计划淹没了整个国家"[1]。

王权的竞争者荷鲁斯（左）、塞特（右）为拉美西斯三世加冕。

法老塞特最早的行动之一，就是把伊西丝和涅斐提斯囚禁在赛斯的纺线作坊中。在那里，伊西丝的心情变得沉重，她哭得眼窝深陷。监禁的时间有多长并不清楚，但至少也有几个月，因为塞特每 30 天给她分配一次工作任务。其他神话叙述道，塞特把涅斐提斯锁在他的家中，涅斐提斯攻击了塞特，逃出去帮助伊西丝，却把儿子扔给了她那残忍的丈夫。塞特的这个儿子是谁还不清楚，但他可能是好斗的鳄鱼马加。据说，马加曾经咬掉了奥西里斯的左胳膊。马加的暴行，以及后来他对吞下神的胳膊一事的矢口否认，使得他的城镇被诅咒，他的舌头被割掉。尽管涅斐提斯为塞特又生了孩子，但是她内心里对奥西里斯有强烈的爱欲，这或许是塞特谋杀兄弟的理由之一。因为背叛了塞特，涅斐提斯生活在害怕被塞特杀死的恐惧之中。尽管如此，她在躲避丈夫的时候，仍然保护着奥西里斯的遗体。

◀ 荷鲁斯的出生及其幼年时期 ▶

荷鲁斯在纸草丛中降生

> 哦，作恶者〔塞特〕，你的罪行朝准了你自己。我们的主在他的家中，不会害怕。那孩子要比你伟大。他会活下去，他的父亲也会活下去。[2]
>
> ——纽约大都会博物馆纸草第 35.9.21 号

伊西丝终于逃离了纺线作坊，身怀六甲的她躲进了东北三角洲一处名为凯姆尼斯的地方。根据希腊史家希罗多德的记载，凯姆尼斯是位于布托的一个浮岛（尽管他说在他参观的时候，这个小岛并不是浮着的）。怀孕 10 个月后，伊西丝在那里产下了荷鲁斯。不幸的是，塞

头戴上下埃及双冠的鹰隼头神荷鲁斯。

特知道荷鲁斯出生了，因为在分娩的那一刻，他的床摇晃起来，把他摇醒了。然后，伊西丝在三角洲的沼泽中"孤身一人，在不为人知的居处"[3]抚养荷鲁斯。幼年荷鲁斯为伊西丝的巫术所保护，包括涅斐提斯、瓦杰特、涅赫伯特在内的许多女神当他的保姆和仆人。像涅斐提斯一样，圣母牛哈托尔也当上了荷鲁斯的奶妈。

塞特寻找了小荷鲁斯很多年，寻找的时候他拔掉了纸草，烧掉了沼泽，但是伊西丝采取了保护措施，使得盛怒的国王找不到他。一旦感觉到了塞特那毁灭性的愤怒，她就把荷鲁斯抱在怀中，赶紧转移。坂赫丹特的荷鲁斯（见第40页的专栏），在荷鲁斯降生前就发誓要保护荷鲁斯。有一次，他带着他的船队来保护小荷鲁斯和伊西丝，使其免受塞特及其追随者的伤害。随之，双方在河上进行大战。塞特变成了一头河马，而坂赫丹特的荷鲁斯变成了强壮的年轻男子。最终，手持鱼叉击杀敌人的坂赫丹特的荷鲁斯取得了胜利。

荷鲁斯幼时的病痛和困苦

尽管有诸神提供的帮助，小荷鲁斯还是遇到了麻烦，他不是为疾病所困扰，就是为危险的动物所威胁（这些神话的来龙去脉参见第六章）。其中，他所遇到的一个问题，即使对今天全世界的孩子（包括大人！）来说也是很常见的，那就是做噩梦。"来我身边，我的母亲伊西丝！"据记载他这样说道，"瞧，在我自己的城市里，我看到了离我很远的东西！"伊西丝回答道：

> 听着，我的儿子荷鲁斯。说出你看到的东西。这样，你就摆脱了沉默；这样，你梦见的幻景就消失了！火会升腾起来攻击恐吓你的东西。瞧，我已来看你了，我会赶走你的烦恼，我会祛除所有的疾病。向你欢呼，好梦！愿看到的黑夜就如白天一样！愿努特的儿子塞特带来的所有坏的疾病都被赶走。拉会战胜他的敌人，我将战胜我的敌人。[4]
>
> ——切斯特·贝蒂纸草（三）

身体的疼痛也折磨着荷鲁斯，这些疼痛有时候被归因于魔鬼或蠕虫作怪。在几个故事中，我们发现这些疼痛确切来说是肚子疼。在拉的净池边上，荷鲁斯吃了一条金色的阿布都鱼（abdu-fish）后，他的肚子就疼起来了，疼得不得不整天躺着。还有一次，伊西丝带来 1 欧埃皮（oip，古埃及容量单位，约合 19.2 升 —— 译注）东西，来消去她儿子腹部的疼痛。

当荷鲁斯从母亲那里吸食乳汁的时候，以恶魔样子出现的疼痛进入了荷鲁斯体内，其中一个这样的恶魔使得荷鲁斯的心脏虚弱、嘴唇发青。伊西丝、涅斐提斯以及虚弱的荷鲁斯，去拜访男子、女仆和保姆，询问他们过去是如何治愈他们自己（得了相似疾病）的孩子的。在其他时候，疼痛表现为头疼：

> 瞧，她来了，伊西丝在那里，她来了。她像一个哭丧的妇女一样晃动着头发，她那惊慌失措的样子，就如她儿子荷鲁斯因头痛而散乱了头发，就如在大河谷的战斗中，荷鲁斯被努特的儿子塞特弄乱了侧边的发辫！ 5
>
> ——布达佩斯纸草第 51.1961 号

荷鲁斯也遭受了被火烧伤的折磨：

> 小荷鲁斯在巢里。火掉进了他的体内。他对进入体内的火一无所知，而火对其进入的身体也一无所知。能给他施巫术的母亲不在……孩子很小，火很强。此时没有谁能救他。伊西丝〔在〕放下纺线的那刻，走出了纺线作坊。"来吧，我的姊妹涅斐提斯！……告诉我，我怎么做我知道〔要去做〕的事情，我如何用我的奶水、我两乳房中流出好的液体为荷鲁斯去除火烧的痛苦。我把它涂在你的身体上，这样你的血管就变好了。我会让攻击你的火消退！ 6
>
> ——大英博物馆纸草第 10059 号

也有一些荷鲁斯的问题十分普通：一则神话叙述了荷鲁斯在他的田地中如何哭喊，因为他的牛被狮子、豺狼和鬣狗等野生动物骚扰。

伊西丝与七只蝎子

有关幼年时期的荷鲁斯的篇幅更长的神话，也有着类似的主题。在这些神话中，最详细的当属伊西丝和七只蝎子的神话。在这则神话中，伊西丝从赛斯的纺线作坊这一牢狱中逃脱，而后托特前来拜访，警告说塞特计划伤害她的孩子。他建议她躲起来，直到荷鲁斯安全地长大成人并能挑战他那邪恶的叔叔。知道托特因富有智慧而声名远播，伊西丝和荷鲁斯坐着他们的轿子，由七只蝎子护卫着（蝎子女神塞尔凯特的化身）——其中三只在轿子前面，两只在轿子里，剩余两只在后面——当晚就离开了。在他们抵达三角洲边缘的"两姊妹的城市"中的"鳄鱼之家"之前，为防塞特获得他们的行踪，蝎子被指示不要与任何人说话，不论对方是贵族还是平民，并且一路上不得抬头。

有一天，他们继续赶路，荷鲁斯和蝎子来到了一大片房子前。这些房子属于一位已婚的富婆，她很远就看到了他们，关上了所有的门。这惹怒了七只蝎子，他们决定报复。当伊西丝和其他蝎子在沼泽地中一个农家女孩家休息的时候，混合了所有七只蝎子的毒液的蝎子泰芬，从富婆家的门口下面溜进去，蜇伤了她的儿子。仿佛是家里起了大火，这位女士开始恸哭、哀悼。她无法分辨儿子的死活，在城里徘徊哭泣，

基督教意象中的伊西丝和荷鲁斯

公元 4 世纪，随着罗马帝国皈依基督教，帝国中的异教文化习俗都被同化了，这为新信仰体系的确立提供便利。然而，自公元 2 世纪以来，基督教便一直在埃及全境传播着，因此，传统的古埃及思想在基督教发展的早期阶段就已经渗透到其中了。埃及民众以及罗马世界的民众，能一眼认出来伊西丝抱着或奶小荷鲁斯的雕像或画像，这得益于伊西丝崇拜在整个地中海地区的新近扩散，以及肖像描绘方式的古朴性。因此，无论是通过科普特人还是罗马皈依者，这些雕像和画像可能成为圣母子肖像背后的灵感来源——这种肖像表现传统一直传到今天。而荷鲁斯神用鱼叉叉化身为河马或鳄鱼的塞特（或其实是塞特杀戮阿波斐斯），这一代表对无序的胜利的形象，也许是圣乔治和龙的肖像的灵感来源。

头顶蝎子符号的人形塞尔凯特。

但是没有人来帮助她。

伊西丝很担心这个孩子，她认为富婆的孩子是无辜的。伊西丝对富婆呼喊，说自己可以开口唤醒死者，她解释说，她在自己所生活的城镇中颇有些名气，因为她能够使用有力量的言辞驱逐中毒的病症。在富婆的家中，伊西丝把手放在孩子身上，依次说出了七只蝎子的名字。因为伊西丝知道蝎子的真名，所以，她能够对他们施法。她命令蝎子的毒液离开孩子，孩子很快恢复了健康。然后，伊西丝对蝎子予以叱责，提醒他们不能与任何人说话，并补充道，他们不能在这些地区败坏了他们的名声。接着她告诫他们要低着头，直到他们抵达凯姆尼斯的藏身之所。目睹了这些事情，富婆认识到她的错误，并把自己的财物给了伊西丝和那位农家女孩。

荷鲁斯中毒 [7]

伊西丝与荷鲁斯安全地躲藏在凯姆尼斯的沼泽地中，伊西丝整天乞食、采集食物，来喂养她的孩子，提供孩子的一切所需。然而，有一天她回来后，发现年幼的神晕倒了。他眼中流出的泪水，从嘴唇上流下的口水，弄湿了河岸。他的身体一动不动，心脏虚弱，不会吸食奶水了。伊西丝惊慌了，向沼泽地中的当地村民呼喊，恳求他们提供帮助，但是没人懂得可以治愈他的咒语。然后，一个在当地颇有名气的妇女前来帮忙。她提醒伊西丝说，荷鲁斯在凯姆尼斯是不会为塞特所伤害的。因此，荷鲁斯的病不可能是塞特造成的，她建议伊西丝检查荷鲁斯身上是否有蝎子蜇伤或蛇咬伤的痕迹。

伊西丝靠近她的孩子，闻到了从荷鲁斯口中散发出来的气味，很快就知道出了什么问题。伊西丝抱住荷鲁斯哭了起来，她尖叫着："荷鲁斯被咬伤了，哦，拉！"她的哭声引来了涅斐提斯，她们俩一起哭泣，哭声在沼泽地回荡着。不久之后，女神塞尔凯特来了，问伊西丝出了什么事，并建议她向天空呼喊，以此来引起太阳船的注意。"拉的船员将会停下来，"她说道，"只要荷鲁斯还这样躺着，拉的船就不会起航！"

伊西丝向天空大喊，喊声使得日轮停止前进。托特神带着魔法，从太阳船上下来查看。一遇到伊西丝，发现荷鲁斯患了病，他便开始强调荷鲁斯的安全对于他自己以及追随拉的诸神多么重要。伊西丝不理这些话。她抱怨道，"托特，你的智慧是多么伟大，你的计划却是如此缓慢！"她告诉他说，灾祸一件连着一件，数都数不清。"瞧，荷鲁斯因中毒而痛苦不堪！邪恶是我兄弟的杰作。死亡是它将带来的最终毁灭。"

托特仔细听了后，让伊西丝冷静下来，告诉她不要害怕，说他从天上下来的时候带来了救活荷鲁斯的生命的气息。他安慰好了伊西丝，开始念一长段咒语，这段咒语的内容是让一系列神圣生物、动物和地方为荷鲁斯提供庇佑。他那有力量的言辞，摧毁了荷鲁斯身上的毒，将其从孩子的身体内逼出来。然后，托特让村民返回他们的家中，并在伊西丝的请求下向村民施法，以阻止他们在将来认出伊西丝。危机化解后，托特返回到天上，太阳船继续航行，留下隐姓埋名的荷鲁斯和伊西丝安全地生活着。

◀ 塞特统治时代的强奸与乱伦 ▶

就如荷鲁斯在凯姆尼斯成长期间生活在对塞特暴力的恐惧之中一样，他的母亲也面临着极大的危险。伊西丝因塞特而受了大罪：塞特抢走了她的财物，且在当权期间不止一次性侵伊西丝。一则神话这样讲述道，伊西丝在下埃及第 19 诺姆遭到塞特强奸后，怀孕并早产。产下的孩子是个半成品，像是黑色朱鹭与狒狒组合而成的。还有一次，塞特绑住了伊西丝，再次企图强奸她，但是她的阴道夹住了他的阴茎，使他无法拔出。

伊西丝领导了一场反塞特的战争。她变成了好斗的女神塞赫曼特，藏在了山中。她从那里向她的敌人喷火，把他们都烧成灰。然而，塞特发现了伊西丝，认出了她。他变成了一头公牛，想追上她并对她进行性侵犯。而伊西丝则变成了一只狗，尾巴梢上装备着一把匕首。变身后的伊西丝尽力跑在了塞特的前面，甩开了被激起性欲的神，后者只能把精子射到地上。伊西丝嘲笑他说："哦，公牛，撒了〔你的精子〕，真叫人讨厌。"[8]伊西丝抛下塞特，变成一条蛇，爬到了一座山上，从那里她可以看到塞特同伙的行动。当他们从第 19 诺姆前往东山的时候，伊西丝把他们挨个刺伤。她的毒液渗透进他们的身体里，他们立刻死了，血流遍了整座山。

◀ 国王的回归 ▶

为你，荷鲁斯已经被从胸带上解下来了。这样，他就能追上塞特的追随者，抓住他们，砍掉他们的脑袋，砍断他们的前腿，切开他们，取出他们的心脏，喝他们的血。[9]

——《金字塔文》咒语 535

荷鲁斯神话的结局是这样的：年幼的神长大成年，终于在最后直面他的叔叔塞特，并作为奥西里斯的合法继承人，要求塞特归还王位。就像其他故事一样，这部分也有很多版本，而最为详尽的一份叙述出自新王国时代的切斯特·贝蒂纸草（一），这个版本在今天被称为《荷鲁斯和塞特之争》。

荷鲁斯和塞特之争 [10]

正如人们可能预料到的那样，当荷鲁斯来到"全部之主"拉－哈拉凯提面前要求拿回他的王位的时候，塞特拒绝退位。一些神明支持塞特的决定，然而另外一些神明支持荷鲁斯，这种状况导致了一场持续 80 年的法律纠纷。

从一开始，争论就很激烈。舒，这位较早的王，说统治者的职位应该授予荷鲁斯。智慧神托特支持舒的决定，这种状况导致伊西丝草率地认为她的儿子成功了。她命令北风把好消息带到西方，这样，杜阿特里的奥西里斯便会知道。舒感到很高兴，因为托特支持了他。但是，主持法庭的全部之主却因他们的冒失行为生气了，毕竟他还没有发表他的意见。

"你们自己怎么能单独行使权力呢？"全部之主喊道，然后他默默地坐了一小会儿，就对九神团大发雷霆。塞特感觉到他自己有了盟友，于是开始介入进来，要求让他和荷鲁斯到外边去，对神保证说自己的"手将战胜他（荷鲁斯——编注）的手"——他似乎想用拳头来解决问题。

永远懂得随机应变的托特问道："我们是不是要搞清谁是骗子？哪怕奥西里斯的儿子荷鲁斯还活着，我们也要把奥西里斯的王位授予塞特吗？"

全部之主变得更加愤怒了，他想把王位给塞特，但事情却陷入了混乱之中。奥努里斯喊道："我们要做什么？"阿图姆建议把巴涅布杰丹特传唤到法庭来帮助断案。法庭对此表示同意，派人去召唤神。巴涅布杰丹特来了之后（普塔赫－塔坦能同行而来，似乎他是搭便车的），却拒绝做决定，他建议诸神写信给奈特，听听奈特对此事的意见，按照奈特所建议的行事。这样，托特写了一封信寄了出去，问他们该如何做。幸运的是，奈特要比巴涅布杰丹特果断得多，她说道："把奥西里斯的王位给他的儿子荷鲁斯。不能做如此无耻的、不正当的坏事，否则我会大发雷霆，会让天塌到地上。告诉全部之主、居住在赫利奥波利斯的公牛，'让塞特发财。把你的两个女儿阿娜特和阿什塔特给塞特，让荷鲁斯坐在他父亲奥西里斯的王位上。'"

当托特与九神团端坐在名为"长有凸角的荷鲁斯"的法庭中的时候，奈特的信被送到了托特面前。托特向同侪们大声读了信，与他们一起说奈特是对的。但全部之主再次愤怒了，向荷鲁斯发泄怒气，说荷鲁斯是卑鄙之徒，不配坐上王位，并且有口臭。奥努里斯愤怒了，三十法庭（Council of Thirty）也是。巴比神非常愤怒，他告诉全部之主说："你的神殿是空的。"此种言辞是对一个神最有伤害性的评论，因为这意味着此神没有追随者。全部之主深觉冒犯和悲伤，躺着度过了这天的剩余时间。九神团也意识到巴比过分了，斥责了巴比神，对他喊

巴涅布杰丹特神。

着："出去！"然后，他们返回他们的帐篷中。

全部之主的女儿哈托尔来到了她父亲的帐篷里，站在了她父亲面前，出其不意地露出自己的私处来逗父亲发笑。现在，全部之主兴高采烈地加入大九神团，他要求荷鲁斯和塞特提供他们应该为王的理由。塞特抢先指出，他是诸神中最强壮的，他每天晚上在太阳神的船头杀死拉的敌人阿波斐斯，他补充说，其他的神是做不了这件事的。诸神被他说动了，声称塞特是对的。但是托特和奥努里斯提醒诸神说，当死去国王的儿子还活着的时候，一个叔叔继承王位总是不对的。巴涅布杰丹特最终发表了他的意见，现在他站在塞特一边。全部之主接下来说了一句话，但这句话十分令人震惊，以致没有被写下来。虽然不知道他说了什么，但诸神对这句话的反应十分强烈，他们都很不高兴。

然后轮到荷鲁斯发言。他解释说，在九神团面前，他因诡计而受害，并被剥夺了他父亲的王位，这是多么不公正。不幸的是，他没有太多的时间来说话，因为伊西丝打断了他。她说这件事应该被送到赫利奥波利斯的阿图姆和"船上的凯普利"那里去审判。诸神深以为然，一起告诉她不要生气，因为"权利将被给予有理的一方"。这激怒了塞特，他发誓说，他要拿着巨大的权杖，每天杀死一个神明，且不再出席法庭，除非伊西丝离场。全部之主，这位塞特的忠实支持者，发布命令：诸神应该航行到"中间的岛屿"（也许是在尼罗河中）继续他们的庭审，把伊西丝扔在这里。他禁止摆渡人（涅姆提神）将任何长得像伊西丝的女子送上岛。

诸神立即前往岛屿，一上岛，就坐在树下吃起了面包。同时，伊西丝不愿意轻易放弃，她变身为一个手戴金戒指的驼背老妇，走到摆渡人涅姆提面前，恳求他将自己渡到岛上。她告诉他说，一个年轻的男子在那里照顾牲畜已经 5 天了，他饿了，她为他带去一大碗面粉。涅姆提感到很矛盾，他知道全部之主的命令，但在他面前的是一个不会惹麻烦的老妇。伊西丝提醒他，事实上只有伊西丝不能渡过去，但眼下四面都不见伊西丝。她递给摆渡人一块蛋糕做路费，但是涅姆提不为所动，于是，她把她的金戒指送上。现在，涅姆提的贪心满足了，他让步了，用船载着伊西丝去了禁岛。

伊西丝到了后，发现全部之主与他的随从诸神正坐着吃饭。为了引起塞特的注意，她化身为一个漂亮的女人，这样，一下子就引起了塞特的注意。塞特好奇地尾随着伊西丝，伊西丝告诉塞特说，她是一个牧人的妻子，她为牧人生下了一个儿子，但是，她丈夫死后，她的儿子独自照料牲畜。这时一个陌生人来了，住在他们的畜舍里。他威胁说要打她的儿子，要夺取牲畜并要赶走她的儿子。伊西丝转向塞特，问他对这些事情的看法，并补充说，她希望塞特做她的支持者。神已被面前的这个美貌妇女迷住了，毫不犹豫地说道："当一个人的儿子仍然活着的时候，能把牲畜给陌生人吗？"他补充道，应该用棍子打这个骗子的脸，把他赶跑，让儿子得到应有的一切。

诱骗了塞特的伊西丝很高兴，她变成了一只鸟，栖息在正好塞特够不着的一棵金合欢树的树枝上。伊西丝告诉塞特，他应该羞愧才是，因为他已用自己的嘴谴责了他自己，他自己的聪明已经审判了他自己。塞特放声大哭，跑向了全部之主。对于塞特谴责了他自己的事情，全部之主予以认可。为了报复涅姆提放伊西丝上岛，塞特要求惩罚涅姆提。这样，不幸的神被拖到岛上诸神所在的地方，他的脚趾头被砍掉了。从那天起，涅姆提就痛恨黄金。

在阿图姆和拉－哈拉凯提的主张下，诸神加冕荷鲁斯为王，但塞特恼羞成怒，要找荷鲁斯决斗。他说，为了确定谁是合法的国王，他们两人都应该变成河马，跳入大海深处，能在水底待上三个月的一方为胜者。当他们两人坐在水底的时候，伊西丝制作了一柄鱼叉，把它扔进大海。第一次鱼叉击中了她的儿子，她吓坏了。然后她收回鱼叉，掷向了塞特。这一次鱼叉击中了目标，但塞特叫她别忘了他是她的兄弟，说服她放过了他。荷鲁斯感觉到母亲背叛了他。他从水里出来，脸色像上埃及豹一样凶狠，盛怒之下砍下了母亲的头颅。伊西丝化身为无头的燧石雕像，而荷鲁斯手提母亲的头颅，然后消失在一座山坡之上。

全部之主对此事怒不可遏，决定让诸神去惩罚荷鲁斯。因此，他们登上这座山去追击年轻的神。塞特发现荷鲁斯躺在一棵树的树荫之下，两位神明打了起来。塞特要比荷鲁斯更为强壮一些，他把奥西里斯的儿子打翻在地，挖出了荷鲁斯的眼睛，并把它们埋在地下。塞特扬扬得意地离去，把瞎了眼的荷鲁斯扔在那里，回到他的诸神同伴那里，告诉全部之主说，他没找到他那年轻的复仇者。在诸神继续寻找荷鲁斯的期间，荷鲁斯的眼睛长成了荷花。最终，哈托尔碰见了荷鲁斯，此时荷鲁斯正在他的树下痛苦地哭泣着。为了治愈荷鲁斯，哈托尔逮住了一只瞪羚，从瞪羚那里挤了些奶，把瞪羚奶倒在神那空洞的眼窝上。这样，荷鲁斯的眼睛就被治愈了。

这些无情的暴力行为让法庭的诸神难以承受。全部之主让荷鲁斯和塞特在饭桌上或酒桌上和平解决他们的问题，这样他和其他神明就能得到安宁了。塞特默认了全部之主的建议，邀请荷鲁斯到他家吃饭。在塞特家里，他们俩又吃又喝，最后两人在塞特的床上小憩。晚上，塞特燃起了情欲，把阴茎插入了荷鲁斯的两条大腿之间。荷鲁斯大惊，手上攥着塞特的精液，跑去告诉他的母亲发生了什么。伊西丝砍掉了荷鲁斯的双手，把它们扔进了河里，用她的法术制造了新手。因为伊西丝怀疑此事为塞特所策划的更大阴谋的一部分，所以，她就用香油膏擦拭荷鲁斯的阴茎，激起了荷鲁斯的性欲，并把荷鲁斯的精液收集在一个罐子里。然后，伊西丝拿着装有荷鲁斯精液的罐子，把精液洒在塞特的花园里。这样，在那天晚上，塞特去花园吃莴苣，结果因荷鲁斯的精液而怀孕了。

在回到大九神团面前的时候，荷鲁斯和塞特再次被要求提供他们当王的理由。这次，塞特宣布他应该为王，因为他对荷鲁斯做了"男

用鱼叉进行捕猎的图坦哈蒙小雕像。

人该做的事情"。九神团大叫了起来，把口水吐在荷鲁斯脸上。但是，荷鲁斯转身嘲笑他们："塞特所说的一切都是谎言。"荷鲁斯说道，"请召唤精液，让我们看看精液从哪里来回应。"托特走上前来，把他的手放在荷鲁斯的肩膀上，说道："出来吧，你，塞特的精液！"精液从附近的沼泽地予以回应。然后，他把他的手放在塞特的肩膀上，说："出来吧，你，荷鲁斯的精液！"精液问它该从哪里出来呢，托特建议从塞特的耳朵出来。然后，精液像一轮金色的日轮一样升起来。塞特恼羞成怒，试图抓住圆盘，但是托特平静地从塞特的头上抓住了圆盘，把它放在自己头上作了冠冕。九神团宣布，荷鲁斯是对的，塞特是错的。

塞特又怒了，他再次找荷鲁斯决斗。这次他要求用石头船进行比赛，他说，谁赢了比赛，谁就赢得了王权。荷鲁斯用雪松建造他的船，把船涂得像一艘石头船，没人识破他的伎俩。塞特则削掉了一座山的山顶，然后用山体雕出了他的船。九神团列队在岸边，看塞特的船下水，但船一碰到水就沉没了。塞特生气了，愤怒了，变成一只河马，凿沉了荷鲁斯的船。荷鲁斯转而拿起一把鱼叉投向塞特，但是九神团要求他停下来。荷鲁斯驾着受损的船前往赛斯，向奈特诉说，把想说，现在是做最后判决的时候了，因为这个案件已经拖了80年了。几乎每天他都被证明是埃及的合法国王，荷鲁斯发牢骚道，但是塞特总是不遵守九神团的裁定。

然后，托特向全部之主建议，要给奥西里斯写一封信，也许他能在荷鲁斯与塞特间做出裁决。奥西里斯很失望，回信写道："是我让你们如此强大，是我创造了大麦和小麦来给神以及低于神的畜群（指人类——编注）食用，而其他男神或女神缺乏做这些的能力，为什么我的儿子荷鲁斯要受欺骗呢？"全部之主对奥西里斯的回复不满意，回信给他说，即使奥西里斯没有出生，大麦和小麦仍然会出现的。在回信中，奥西里斯决定把他的愿望说得更直接一些。他怒斥道，全部之主把创造不公正作为一项业绩，让公正沉入杜阿特之中。然后，他补充说了一个不那么隐晦的威胁：

> 至于我所在的土地，到处都是长着吓人的脸的使节，他们不惧怕任何男神或女神。我要做的就是派出他们，他们会把犯罪者的心脏带回来，这些犯罪者会和我在一起。
>
> ——《荷鲁斯和塞特之争》

托特向九神团大声读了奥西里斯的信，九神团很快宣布奥西里斯是对的，可能他们担心他们的心脏被带走。但塞特再次向荷鲁斯发起挑战，请求允许他们到"中间的岛屿"继续比赛。他们去了，荷鲁斯又一次战胜了他的叔叔。

事情到了非解决不可的地步，诸神也不愿意再看荷鲁斯与塞特争斗了。阿图姆命令给塞特戴上手铐，以因犯身份带到他面前。他问塞特为什么不接受审判，为什么要篡夺荷鲁斯的王位。塞特终于让步了，让他带来荷鲁斯，把奥西里斯的王位给荷鲁斯。于是，荷鲁斯被带来

了，他戴上了王冠，伊西丝高兴地大叫。然后，普塔赫问该如何处置
塞特，全部之主拉－哈拉凯提回应道，他会把塞特带走，让塞特作为
他儿子与他住在一起。塞特会在天空中打雷，让人害怕。事情终于得
到了解决，现在，整个国家和九神团都为此感到高兴。

其他描述

其他有关荷鲁斯与塞特对抗的叙述是非常简短的。在《金字塔文》
中，荷鲁斯抓住了塞特，把他带到奥西里斯面前。然后，在盖伯的法
庭上，塞特因为暴力攻击奥西里斯而被审判。荷鲁斯在这里扮演的角
色很不起眼，因为诉讼裁决的是塞特和奥西里斯之间的纠纷。最后，

塞特的秘名 [11]

荷鲁斯和塞特放下他们的分歧，一起乘坐荷鲁斯的金船去
航行。当两位神明坐着享受行船的乐趣的时候，一个不知名的
生物在甲板上爬向塞特，咬伤了塞特。塞特病倒了。就如他的
母亲在拉的秘名事件中所做的那样，荷鲁斯让塞特告诉自己他
的真名，这样他便可以用法术治愈塞特。

"通过其名字，才能够对一个人施法术，"荷鲁斯让他那邪恶
的叔叔放心。就如之前的拉一样，塞特也不愿意那么轻易给出
他的秘名，即使这意味着把他的生命置于危险之中。

"我是昨天，我是今天，我是没有到来的明天，"塞特说，但
是荷鲁斯心知肚明，说他不是这些东西。塞特多想了一会，然后
说他是"装满箭的箭袋"和"装满骚乱的罐子"。荷鲁斯还不同
意。"我是一个身高一千腕尺的人，我的声名无人知晓。我是一
个打谷场，造得如青铜般坚固，打场的牛无法踏起尘土。我是一
罐牛奶，来自巴斯坦特的乳房。"荷鲁斯每次都抱怨，直到塞特
最终做出让步："我是一个身高一百万腕尺的人，我的名字是邪恶
之日。至于分娩日或怀孕日，没有人出生，没有树结果。"塞特
的真名最终泄露了，荷鲁斯治愈了他的咬伤，神重新站起来了。

奥西里斯被授予地上和天上的王国，而塞特被罚做奥西里斯的座位。后来，塞特与荷鲁斯一起为死去的国王的福祉而工作：他俩一起杀死巨蛇，为国王提供登天的梯子。

《金字塔文》也反复提及荷鲁斯与塞特在打斗中所遭受的创伤。一个使节把塞特的睾丸（塞特性能力的象征）带回给他，而荷鲁斯的眼睛（荷鲁斯敏锐的视力的象征）同样被归还。甚至托特也受伤了，他的胳膊必须得到治疗。在另外一则咒语中，塞特在天空的东边拿走了荷鲁斯的眼睛。然后，诸神坐在托特的一只翅膀上，飞过"蜿蜒水道"（见第98—99页），去为荷鲁斯说情，以便塞特能归还荷鲁斯的眼睛。尽管塞特踩坏并吞食了荷鲁斯的眼睛，但是荷鲁斯最终通过暴力或祈求的方式拿回了眼睛。《棺文》中则讲道，奥西里斯为荷鲁斯挤取了塞特的睾丸。根据后来的资料，为处理荷鲁斯拿走了塞特的睾丸一事，似乎在赫利奥波利斯的大宫殿举行了一场庭审。

新王国时代的《奥西里斯大颂歌》说，伊西丝把荷鲁斯带到了盖

国王帕辟一世坟墓中的金字塔文。

荷鲁斯之眼

荷鲁斯单眼或双眼的失明以及后续的治疗，是埃及宗教文献的一个主题，它象征着无序后秩序的重建。这就是在神庙场景中国王要向诸神进献被称为瓦杰特的荷鲁斯之眼的原因所在，这种行为象征着国王在确保宇宙的秩序和平衡中所发挥的作用。

神话的版本不同，荷鲁斯失明的方式也不同。塞特掏走了荷鲁斯的一只或是两只眼睛，然后摧毁或掩埋了眼睛。在某些情况下荷鲁斯自己恢复了视力，但多数情况下是在伊西丝、托特或哈托尔的帮助下才康复的。

有些咒语（主要是关于治愈眼睛的咒语）也会提及荷鲁斯之眼，其中谈及了赫利奥波利斯的灵魂创造了荷鲁斯之眼，或托特把荷鲁斯之眼带到了赫利奥波利斯。荷鲁斯之眼经常出现在护身符上，这是因为它是护佑人的力量的来源之一："它保护你，它为你打倒你所有的敌人，你的敌人确实在你面前倒下了……荷鲁斯之眼过来了，丝毫未受损坏，就如地平线上的拉一样光芒闪亮；它盖过了那想将它据为己有的塞特的力量……"[12]

作为天空之神，荷鲁斯之眼也有着天体的含义：他的右眼是太阳神夜晚乘坐的船，左眼是太阳神白天乘坐的船；另一种说法是，他的右眼是太阳，左眼是月亮。事实上，荷鲁斯之眼与月亮的关系要尤为密切一些：月亮的逐渐变圆象征着荷鲁斯之眼的缓慢康复，满月则代表荷鲁斯之眼重返完满、未受损伤的状态。

伯的宽阔大厅中。九神团为荷鲁斯的到来欢呼雀跃，欢迎他成为奥西里斯的继承人，并遵照盖伯的命令，加冕荷鲁斯为王。荷鲁斯立刻就掌控了世界，塞特被移交给了荷鲁斯，显然是要被正法的："扰乱者遭受了伤害，罪犯猝不及防迎来自己的命运"。[13]现在，世界再次变得井然有序起来："他的律法带来了丰饶，道路开阔，人们通行无碍，两岸是那么兴旺！邪恶逃之夭夭，罪恶消失殆尽，国家在它的主人的治

凿刻于第 25 王朝时期的夏巴卡石碑。

下，祥和安宁。"[14]

　　同样，在托勒密时代的《战胜塞特之书》中，盖伯主持庭审，决定谁该当埃及的王。在庭审中，法庭公布了塞特的罪行，在托特的力挺下，通过了对荷鲁斯有利的裁决。荷鲁斯获得了继承的文书，加冕为王，而塞特则被流放到亚洲人之地。这个神话的另外一个版本刻写在现藏于大英博物馆的夏巴卡石碑上。这个版本的情节稍稍有所不同，裁判者盖伯分开了荷鲁斯和塞特，禁止他们继续打斗。他宣布塞特为上埃及之王、荷鲁斯为下埃及之王，统治的分界线在奥西里斯溺亡的地方。然而，后来盖伯改变了主意，鉴于荷鲁斯为奥西里斯之子，他决定把整个国家给荷鲁斯。

普鲁塔克的荷鲁斯获胜的版本

　　普鲁塔克曾描述过奥西里斯之死，同样他也记载了荷鲁斯的胜利。他写道，奥西里斯自亡者国度返回，他回来训练年轻的荷鲁斯，以便其能与塞特战斗。奥西里斯问他的儿子道，他认为最高贵的是什么，荷鲁斯的回答是，为父母遭受的不幸去复仇。在战斗开始前，塞特的许多支持者倒向了荷鲁斯一边，增强了荷鲁斯的力量，甚至塞特的小妾——河马女神塔薇瑞特也抛弃了她那作恶多端的伴侣。

尽管塞特兵力受损，但是这场激烈的战斗仍持续了很多天，荷鲁斯才最终取胜。塞特被俘了，他被戴上镣铐带到年轻的国王面前。但是伊西丝不同意处死塞特，这激怒了荷鲁斯。盛怒之下，他摘掉了伊西丝的王冠，而总是处变不惊的托特把一个形如牛头的头盔戴在伊西丝的头上。塞特指责荷鲁斯是非法的，但是托特为荷鲁斯辩护，证明了其继承王位的合法性。

◀ 塞特复辟 ▶

荷鲁斯登上王位后，塞特占据了三角洲，做了许多亵渎神灵的事情，试图重新夺回权力。在此期间，塞特亵渎神庙，赶走祭司，偷窃圣物和神圣的徽章，破坏或毁掉神庙的财物，连根拔起或砍掉圣树，捕获并食用神圣的动物和鱼，出言亵渎神明，扰乱节日，屠杀信徒，偷窃祭品。本来拉对此一无所知，直到伊西丝向天空呼喊，大叫说在

荷鲁斯的众妻

伊西丝的儿子荷鲁斯是埃及诸神中最不寻常的一个，因为他没有一个明确的妻子。在神话中，荷鲁斯通常被描述成一个单身汉，尽管巫术咒语有时候提到他有一些默默无闻的妻子——如名叫塔比彻特的眼镜蛇女神——其中一位曾被蛇或蝎子咬伤过。在较晚的时期，坂赫丹特（伊德富神庙）的荷鲁斯成了丹德拉的哈托尔的丈夫。这两位神明的崇拜连在了一起，人们在这两座神庙之间进行宗教游行。伊德富神庙的传统认为马阿特是荷鲁斯的一个女儿。

拉不知道的情况下塞特已经回来了，这样拉才了解情况。最终，荷鲁斯再次取胜，塞特被流放。

◀ 诸神统治的终结 ▶

塞特被彻底打败后，荷鲁斯当埃及王统治了300年。他向曾经支持塞特的人复仇，摧毁了他们的诺姆和城市，这样，"塞特的血就滴在它们当中"[15]。塞特的雕像被摧毁了，他的名字从其出现的所有地方被清除了。"苏哭泣着，维奈斯陷入悲痛，"我们得知，"呜咽声响彻塞帕尔曼如，南部绿洲和拜哈里耶绿洲哀号着，邪恶在它们之中游走。海塞布因其主人不在其中而大哭，瓦朱空空如也，翁布斯被毁坏。城中的宅邸被拆毁，住在里边的人不知去向，其主人不复存在。"[16]

在荷鲁斯之后，王位传给了托特，他统治了7726年。接下来，王位传给了马阿特，然后分别传给了11个半神，他们共统治了7714年。这些半神有着非比寻常的名字，如"不渴的〔……〕""岸边的土块""高贵的妇女的所有者"和"〔高贵的〕妇女的保护者"。然后进行统治的是亡灵（阿胡，见第170页），他们共有9类，与希拉康波利斯、布托和赫利奥波利斯等特定地方有关系。接着，荷鲁斯的追随者继承大统，然后人类的国王接着统治。那些无名的、统治上下埃及的前王朝国王，统称为涅亨和帕的灵魂，他们被认为分别是下埃及城市布托（帕）和上埃及城市涅亨（希拉康波利斯）的灵魂（巴乌）。帕的灵魂被描绘为长着鹰隼头，而涅亨的灵魂则长着豺狼头。这些都是强大的神明，他们在国王的生前和死后为其提供帮助。

◀ 法老 ▶

这样，我们就进入了历史上法老统治的时代。活着的时候，每位国王都是荷鲁斯，他们坐在荷鲁斯的王座上，继承了盖伯的遗产。他也是拉的儿子，是太阳神的代理者。就如拉在时间开始的时候所做的那样，法老负有确保世界稳定的责任。国王可能是人类母亲和神结合的产物，但是，到举行加冕礼的时候，他才能进入神的行列。在这个重大的仪式上，国王的卡（王权的灵魂）进入凡人的体内，将其变成法老。通过加冕仪式，凡身肉胎得以重生，神圣的力量注入了肉体之中。

然而，这种力量为其所寄居的法老的凡人肉身所束缚。像任何其他凡人一样，法老的肉身会衰老，也会变得虚弱。当国王死了，王权则继续存在下去，每一代国王死后，王权都会进入新国王的体内。因

国王拉美西斯一世两侧是帕（左）和涅亨（右）的灵魂。

此，国王不完全是神，也不完全是人。他所属的存在种类是独特的，低于真正的神明，却高于人类。他注定是两者之间的中介，为了人类而取悦诸神，期望能获得诸神的神圣恩赐。为此，国王要确保马阿特存在于整个埃及，要向诸神献祭，捍卫或扩大国家的边界，杀死所有的敌人。

尽管国王有明显的属于凡人的弱点和个性，但是他却有如神话中的人物一样存在着。对于子孙后代而言，他的决定是有见地的、完美的，他的样貌是年轻、强壮的。他冲在军队的前面，一马当先击败敌手，保护他的军队免受一切危险。他的行动总是成功的，他的行为总是虔诚而恰当的。这种理想化的、神话式的法老形象——或杀戮埃及的敌人，或献祭诸神——赫然出现在所有神庙的墙上，他的完美事迹被刻写在贵族坟墓的墙壁和王家石碑上。虽然从历史的角度看，披着意识形态这一上好的亚麻外衣的国王只是一个会犯错的凡人，但神话中的法老却是永远存在的，他是一个几乎恒定不变的形象，象征着不可预知的世界中那令人心安的坚实秩序。

第二编

活人的世界

我们周围的世界是什么样的

神话语境中的环境

诸神的世界和神话，并没有随着诸神把王权交给人类统治者而结束：众神明化身于自然力量之中，充当自然力量的监管者，这样，活跃着的神话便渗透到日常生活中的方方面面。在居住地和自然景观的周围，神话逐步发展起来。（见下文第109—113页）这些神话常常围绕一些"大神"而展开，如奥西里斯、荷鲁斯或阿努比斯，也会以所谓的"小神"——有着地方特征的神明为中心而展开叙述。埃及的土地上存在着丰富的地方性神话，它们提供了地方神庙中诸神崇拜的历史，也体现着各个城镇和诺姆的个性和特征。

◄ 诸神的责任和局限性 ►

就如人一样，诸神也有自己的职务和责任，在宇宙中也有只有他们能做的工作，当然他们也有局限性。古埃及的诸神并不是全知全能的，但他们能同时以不同的样子表现自己。这样，当他们送他们的巴乌（"灵魂"或"个性"）在地上现身的时候，他们能继续在天空中或在杜阿特这一来世之域待着。通过神的巴或巴乌，你能感受到他的力量，但是，神明自身却常常待在很远的地方。然而，无论诸神以什么样子现身，总有一些地方甚至连他们也去不了。例如，总的来说，诸神不能进入努恩，他们的权威仅存在于被造的世界之中。甚至在杜阿

托勒密时代早期埃及人的世界观。内圈是埃及，诺姆的名字写在内圈外部的圆圈内。外圈的顶部是尼罗河源所在的洞穴。东方（左）和西方（右）的女神分别在日出和日落时分举着太阳神的船。

特的某些地方，太阳光不能照到的区域，他们也不能发挥作用。此外，大多数埃及神明仅在与他们有关的城镇、地域或辖区能发挥作用。一个埃及人从家乡出发，他走得越远，能从家乡的神那里获得的帮助就越少。所以，尽管一个神明可能在别处，可能待在天空或杜阿特中，但他或许只能在地上一个固定的地理空间内享有权力。为此，一个外出者向他所在地区的神明祷告。若他不知道用什么神的名字去祈祷，那么，他就会直接向"涅彻尔"（netjer）祷告。（"涅彻尔"一词被译作"神"，但它指的是负责某一特定区域的任何一种力量。）

在被造的世界里，每一个神明都扮演着独一无二的宇宙角色，这是其他神明扮演不了的。努特保证天空能一直存在。舒的力量保证天地分离开。哈皮掌管着每年的尼罗河泛滥。奥西里斯能从死亡中产生新生命，即掌管普遍的再生。敏神能保证丰饶。因为每个神明的角色都是独一无二的，所以，若某个神明希望履行其他神明的职司，这两个神必须彼此"住在"对方体内——埃及学家把这称为"融合"（syncretization），而古埃及人把这描绘为诸神在彼此体内"停留"（rest）。诸神并非全能，要完成某种任务，就需要其他神的职司为其提供"力量"。所以，阿蒙神为了发挥丰饶的作用，他和丰饶之神敏要彼此临时住在对方体内，变成阿蒙－敏，这是一个同时是两位神的新神明。同样，象征着不可见的、隐藏力量的阿蒙神，可以与拉神（可见力量）合二为一，形成全能的阿蒙－拉神。阿蒙－拉是可见的与不可见的力量结合起来的整体，是"众神之王"。在午夜时分，濒临死亡的太阳神与奥西里斯合二为一，这样，太阳神就得到了奥西里斯的再生力量。然后，两位神再次分开，让再生了的太阳神能够继续旅程，进入黎明的天空。

拉和奥西里斯神彼此在对方体内"停留"，他们两侧是
涅斐提斯（左）和伊西丝（右）。

神的真面目

活着的人不知道神到底长什么样子：艺术作品仅仅描绘了他们的某些方面。例如，当人们强调哈托尔的看护职司的时候，可能就会把她描绘成一头母牛；如果想表现其愤怒和野性的特点，可能会把她描绘成一只母狮。没有人认为神明的真实相貌是这样子的。尽管人们不知道神明的相貌，但是，在诸如地震和天空的颤动这样的剧烈自然扰动中，人们能感觉到神明的到来。《食人颂歌》写道："天空乌云密布，星辰惊扰不安，'诸弓'（the "bows"，可能指天穹——编注）战栗不止，地神之骨栗栗自危。"[1] 某个神现身之前，人们通常会闻到香味，看到耀眼的光芒，或心里感觉到神灵的存在。人们感受到的，是一种巨大的、无形的、不可见的力量，它的整全状态是不可知的、难以名状的。然而，通过不可见的神明所栖身的物件——通常是神庙或神殿后部的神像，人们能以有形的、可感知的方式与神的力量互动。

哈托尔女神。

◄ 被造世界 ►

被造世界，即埃及人所生活的世界，是拉神在离开大地的时候所安排而成的。简单地说，被造世界分成天空和大地，此外，还包括第三个地方，名叫杜阿特（见第102—104页）。在被造世界之外是努恩，这是围绕大地四周的无边无际的静止的黑暗水域。在这个被造的球体中，诸神、国王、受祝福的死者和人类，一起生活在一个共同体中。

创造物的每一个方面都有一个神圣的解释。例如，风是舒的化身，尽管整个空气层都是舒："天际延伸至如此之远，是为了我能大步跨行；大地铺展得如此宽广，是为了我的身躯能居于其上。"[2] 天穹是努特女神的力量，她的配偶盖伯是大地。同时，埃及诸神的有形的化身（其体现为自然原则的力量），可以对所有的自然现象做出解释，尽管他们自己（他们真正的形式）也许在其他地方。通过人格化的方式，诸神无形的力量变得有形，从而使埃及人可以与他们交流。同时，有时仁慈、有时有害的自然力量，被嵌入一个有序的系统之中，并被指派了一个有名有姓的掌控者。在不同的情景下，人们可以赞美这个掌控者，也可以诅咒他，抑或向其寻求帮助。倘若你的房子被风吹倒了或被水淹了，你可以找到一个责备的对象。如果暴风雨来了，你知道该向谁祈祷以躲避灾难。

◀ 白天的天空和太阳 ▶

对于一个古埃及人而言，踩在正午那炎炎烈日（拉那赋予生命的力量）下的干燥的大地（盖伯神的化身）上，他或许能感受到吹到脸上的微风（舒神的皮肤），也许能看到飘浮在远处的一片奇怪的孤云（舒神的骨头）。而且，只要没遇到埃及那种罕见的暴雨（舒神的流出物），他可能会停下来片刻，欣赏一下面前那广阔无垠的美丽蓝天。但是，他是如何理解这些壮观的景象的呢？如何看待每天穿越天空的那个黄色球体呢？当然还有这个黄色球体在夜间的相似物月亮，他对其持何种理解呢？

我们可以从表示"天空"（pet）的象形文字中获得关于古人心态的一个初步印象。这个象形文字的顶部是平坦的表面而非圆顶，其两侧边缘向下延伸而接触到大地。天穹的支撑物也被描绘成柱子或权杖，法老本人负责维持其支撑状态。然而，舒神是天空的主要支撑，自创世以来，他就一直支撑着努特女神（天穹）。八位海赫神则在旁协助，两两成组支撑努特的四肢。（显然，舒因独自支撑天空而太过疲惫，于是创造出这些神明。）

确保天空待在合适的位置，这是努特的神圣责任，上面的努恩之水没有倾泻下来凭靠的全是她的力量。努特的力量阻挡了努恩的惰性之水，使其永久位于人类所生活的世界之上，这是天空呈现为蓝色的原因所在。来自上面的无休止的洪水的持续威胁，每天都提醒着人们，随处可见的混乱一直存在。事实上，努特更像一个无形的力场，而不是一堵透明的墙。倘若你能飞起来，飞抵天空的顶端，那么你的手可以穿过这股力量，触摸到上面的水，就像把手指伸进浩瀚的翻转的大海里一样。你并不是撞上了一堵无形的屏障。因此，在天空上是可以航行的，像在水上一样，这样就需要配备船只。这就是太阳神（保证日轮每天绕行天空的力量）从东方地平线行至西方地平线的方式：驾着日行船（mandjet）航行。

太阳是创世神最显眼、最强大的化身，它的光芒带来了热量和生长，使生命得以蓬勃发展，驱逐了令人憎恨的黑暗。每天早上太阳慢慢地爬上地平线，这表明宇宙一切安好。"上好的黄金都比不上你的光彩，"一首太阳颂歌写道，"因为你，所有眼睛才能看到东西，当陛下落入西山的时候，它们就失去了目标。在黎明时分，你醒来升起的时候，你的光芒让牧群睁开了眼睛。"[3] 正如在创世神话中所说的那样，这个缓慢移动的火球是太阳神那熊熊燃烧的眼睛，在时光的流逝中，这双眼睛一直注视着他的世界，直到黑暗降临大地。尽管太阳神通常被描绘成日轮或船中的一个鹰隼头的男子，但太阳神也有其他样子的化身。

早上，他是凯普利，形象为一只蜣螂。之所以如此表现太阳神，是因为蜣螂有在地面上推粪球的习性，就像太阳神推动日轮滚向天空一样。正午，太阳神的力量最强，他变成了拉，此时，太阳看起来像停顿在天空最高处一样（埃及语中"正午"一词是 *ahau*，其意思也是"停顿"）。伊西丝和塞特护卫着拉神，与混沌之蛇阿波斐斯展开搏斗，他们总是最后的胜利者，这样太阳船才得以继续航行。傍晚，太阳神变成了最古老的神明阿图姆，象征着在一天结束之际年事已高的太阳神。当太阳神变成阿图姆后，只能靠豺狼把他的航船拖到西方山区的地平线处的日落之地。

塞特在太阳神的太阳船船首处用鱼叉叉混沌之蛇阿波斐斯。

阿吞

被描绘成一个日轮的阿吞，把阳光照在埃赫那吞及其家人身上。每道光芒的末端都有一只手。

阿吞是有形的、可见的日轮，散发着光和热。从中王国时代以来，阿吞就为人所知，但直到第18王朝时代，他才变成了重要的神。在该王朝的埃赫那吞（意思为"阿吞的执行者"）统治时代，他的崇拜达到了顶峰，在一段很短的时间内，阿吞成为埃及唯一的国家神祇。对埃赫那吞而言，阿吞是至高无上的神明，与受时空限制的传统神明是不同的。而且，只有国王一人能理解阿吞，包括祭司在内的其余所有埃及大众，只能通过埃赫那吞才能接近阿吞。人们对这样一个异端宗教的容忍时间，并不比埃赫那吞统治的时间长多少。在埃赫那吞之子图坦哈蒙统治的时代，传统宗教复辟了。

◄ 夜晚的天空 ►

每天结束的时候，努特女神吞下太阳神，大地陷入黑暗之中。在太阳停留的最后时刻，他的光芒慢慢消失，太阳球逐渐沉入地平线之下。这时天空变红了，预示着危险时刻来临了，然后天空变得一片黑暗。现在，星星闪闪发光，银河闪耀，月亮和行星在黑暗中绘制着它们的航图。一个崭新的世界变得清晰可见。

正如大地有着水域和陆地一样，夜间的天空也有相似的地形。埃及人把太阳、月亮和行星穿过天空时所行经的路线，想象成一条"蜿蜒水道"，把它比作一条河流。这个窄带在今天被称为黄道带。天体常年在这个带里运行，这个带的南北边界就是其"河岸"。蜿蜒水道把夜空分成两部分，其以北的区域叫祭品地，以南的区域叫芦苇地。北边有"永不消失的星星"，而南边为"不知疲倦的星星"——这些星星永远不会沉入地平线以下，所以总能看见。有的文献把星星看成努特女神身上的装饰品，而努特的样貌在银河里能看到：她的头部是双子星座附近的那些星星，她的两条腿在天鹅座中分开。其他文献则把星星视为天牛曼海特－威瑞特身体上的图案，曼海特－威瑞特的意思为"大洪水"，其身体被视为蜿蜒水道。《努特书》（新王国时代一本配有一幅女神肖像的神圣文献集）描绘了星星在夜间穿过天空，就如白天的太阳那样，最后在西方被努特吞下。这种吞食的暴力行为，据说激怒了把星星视为自己孩子的盖伯。幸运的是，在盖伯发火之前，舒神向盖伯保证道："别因她吃了你的后代就与她吵架，他们会活着的，他们每天在东方会从她的下身处出来，就如她生育〔拉神〕一样。"[4]

托勒密时代后期的丹德拉黄道图，描绘了黄道十二宫和36旬星。
这幅图在内容上受到了希腊、两河流域思想的深刻影响。

国王塞提一世坟墓中描绘的星座。

埃及人把夜空分成 36 旬星（36 组星星），坟墓、神庙的天花板上描绘了这些星星。旬星在黎明前从地平线上升起来，每组每年持续 10 天。某些星座与特定的神明有关系。萨赫神是猎户座，他是索普丹特女神（天狼星）的丈夫，而索普丹特在消失了大约 70 天后，重新出现在黎明前的东方的地平线上，宣告了一年一度的尼罗河泛滥的来临与农历新年的到来，这个事件被称为"索普丹特的出现"（古埃及语为 peret sepdet）。索普丹特与泛滥有关系，因而也与地力的恢复有关系，这也许是她有时候被当作奥西里斯的女儿的原因所在。埃及人称之为"Mesketiu"的大熊座，被看成是一头牛的后腿，这是一个与哈托尔女神有关的星座。还有一些星座是"猿""系缆桩""巨人"和"母河马"，现在还不能在天空中把这些星座辨认出来。

埃及人已经注意到了五大行星。它们被称作"不知休息的星星"，每颗星都与一位驾着天舟航行的神明有关。水星是塞贝古，这是一位与塞特有关的神明；金星是"穿过者"或"早晨之神"；火星是"地平线上的荷鲁斯"或"红荷鲁斯"；木星是"划定两土地界限的荷鲁斯"；土星是"荷鲁斯，天空中的公牛"。

◀ 月亮 ▶

太阳一落，月亮就接管了太阳的职能，它是太阳在夜间的替代者，代理行使太阳神的职司，而月亮的职责通常归于托特神。像太阳一样，月亮乘坐船穿越天空，把微弱的光洒在大地上。这怎么解释呢？为什么月亮会改变形状？在有关月亮的神话中，最流行的说法是，月亮是荷鲁斯那受损的左眼，而不是他那明亮的右眼（太阳）。荷鲁斯的左眼受伤了——通常是塞特干的，据说塞特把它撕成 6 块。然而，荷鲁斯的左眼之后又康复了——通常是托特神医治的，托特用手指或通过把唾沫唾在眼睛上医治好了荷鲁斯的眼睛。在每个朔望月，月亮慢慢从亏变盈，眼睛的康复就会重复一次。由于这个原因，月亮也被称为"重复其形状者""返老还童者"。月亮也与奥西里斯有关，因为埃及人把拼凑奥西里斯的碎尸（这个神话版本说奥西里斯被切成 14 块）与夜间月亮变圆联系在了一起。这被视为一种再生的行为，拉美西斯四世统治时代的一块石碑上有一篇致敬奥西里斯的铭文，上面写道："你是天空中的月亮，你按照自己的愿望恢复活力，当你希望变老的时候，就能变老"。[5] 在一些丧葬场景中，阿努比斯如同俯身在死者身上一样，俯身在月轮上，保持着他那正在制作木乃伊的姿势。此外，因为月亮与奥西里斯有关，所以月圆期间被认为是缝制衣物最好的时候。新月形如公牛角，而公牛与丰饶和力量有关。

许多神明都与月亮有关系，除了托特外，其中最主要的是孔苏和雅赫，前者后来把后者合并了。最为人所知的是，孔苏是阿蒙和穆特

阿努比斯俯身在月轮之上，其姿势是他为奥西里斯制作
木乃伊的场景中常见的那个样子。

的儿子，他们一起形成了家庭三联神（见第 10 页的专栏）。在埃及历
史上的大多数时期，孔苏被描绘成一个梳着侧边辫子的孩子，他的头
上有一弯新月和一轮满月。在古王国时代（《金字塔文》编撰的时代），
孔苏被描述成一个恶神，他抓住神明供国王吸取他们的力量，帮助国
王吞食神明的身体。作为一位宇宙神，孔苏也被描绘成一位鹰隼头的
男子。有时候，（现在正被讨论的）月神会出现在一轮满月之中，有时
候出现其中的是瓦杰特眼（荷鲁斯的康复的眼睛）。月亮由亏转盈的
15 天中的每一天都由一位不同的神明管辖（第一天是托特），他们每
天都要完成"填充"月亮的任务。随着这些神一个接一个离开了月亮
"眼睛"，月亮就逐渐进入由盈转亏的 15 天。

◀ 杜阿特 ▶

埃及人对夜间太阳的行程有着极大的兴趣。它去哪儿了？它会再

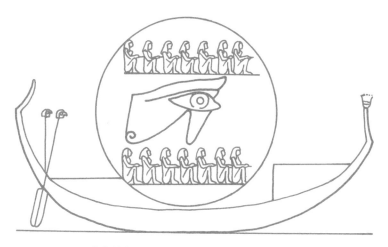

管辖月亮盈亏的 14 位神明（托特不在其中）。

次升起吗？尽管，不同的神话中有关太阳在夜晚英勇战斗的具体细节不同，但是，最重要的主题却是一致的：太阳落入西方地平线下之后，就旅行到了被造世界的另外一个区域，即杜阿特。这是一个危险的区域，到处都是恶魔和死去的人，他们试图在太阳去往早晨重生的途中给予帮助或阻挡其前行。

　　杜阿特的位置从未被明确指出，人们只说它既不是天空，也不是陆地。一种常见的说法是，太阳要在努特体内度过整个夜晚，孕育在努特的子宫中，准备在早上再次出生，重新焕发活力。在此处以及其他文献中，杜阿特是在天上，它以某种方式存在于努特体"内"或某条不可见的隧道之内。在其他情况下，显然埃及人认为杜阿特在地下。在一则神话中，诸神向地下大喊来引起奥西里斯的注意，而生活在地下的蛇被认为与杜阿特有特殊关系。在献祭仪式中，人们将水、葡萄酒和血等液体倒在地上，以便其能够抵达杜阿特中的死者和神明所在之处。不论杜阿特在哪里，它肯定是被造世界的一部分，因此，"冥界"（Otherworld）、"阴间"（Netherworld）和"地狱"（Underworld）都不是恰当的翻译，因为这些译法会导致我们产生杜阿特被从我们周围世界移除的感觉，事实上，"遥远的世界"（Farworld）可能是最合适的翻译。就如一块遥远的土地一样，杜阿特存在于被造世界之中，但是，进入杜阿特的只能是死者和神。

◀ 太阳的夜间之旅 ▶

尽管，死者在杜阿特中有自己的问题要面对（见第7章），但是，已故的国王每晚都要与太阳神一起进入杜阿特之中，参与太阳神的重生。这种重生从来不是万无一失的，因为每晚太阳神及其追随者们都要与无序的支持者们及混沌之蛇阿波斐斯进行大战。这样的事情会持续整个晚上。在这十二个小时的时间里，高大的大门阻隔着从前一个小时到下一个小时的通道。每个大门都有其门卫，这些门卫通常以可怕的蛇的样子出现。

所以，虚弱、苍老而疲倦的太阳神，每天沉入西方地平线之下，前往叫作"吞噬一切者"的大门口，这是杜阿特的入口。在那里，他会遇到欣喜若狂的追随者，并受到狒狒的欢迎。然后，神及其随从（许多神明乘坐着自己的船）沿着叫作"维尔奈斯"的水域航行。维尔奈斯是富有之地，这里的人们头发上佩戴着谷物外皮。凡是来到太阳舰队跟前者，太阳神都会赐给他土地和给养。

诸神又航行经过了"奥西里斯的水域"，在这之后就进入了夜晚的第四个小时，此时，杜阿特的景观变了。离开富有之地和水域的太阳舰队，现在来到了罗斯陶的干燥的沙洞，这里是"在自己的沙子上的索卡尔的土地"。穿过这片烧焦的土地的通道弯弯曲曲，大火和大门将其截断。长有腿的有翼的蛇穿过沙地，太阳船被迫变成一条蛇，以方便前行。但即便如此，拉的追随者们仍然需要拖着太阳船通过沙地。

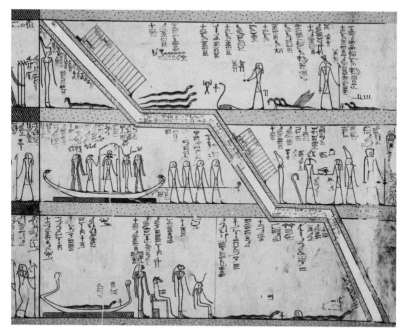

《阿姆杜阿特》之中的第四个小时：一条曲折的通道穿过罗斯陶沙漠。

在夜晚的第五个小时，太阳船进入了死者之域。在那里，伊西丝和涅斐提斯守护着奥西里斯的坟冢，火湖烧死破坏秩序的敌人，净化那些过着正义的生活的人。努恩的水流过这片土地，运送着那些未被恰当埋葬的溺亡者。在夜间的第六个小时，太阳船进入了一眼满是努恩之水的井中。以蜣螂样子出现的太阳神的躯体躺在水中，在这里它与奥西里斯合二为一。此时是当晚的关键时刻，奥西里斯的再生的力量，现在会给虚弱的太阳神以活力，为太阳神提供其继续前往东方地平线所需的力量。埃及的诸王排队守候，托特治愈了太阳之眼。

　　在夜晚的第七个小时，拉在曼亨蛇的护佑下打败了敌人。塞特和伊西丝攻击混沌之蛇阿波斐斯，而其他神在蝎子女神塞尔凯特的帮助下，用绳子套住了阿波斐斯。在镇压了无序的支持者们后，太阳神的

普塔赫－索卡尔－奥西里斯神的小雕像。

索卡尔

索卡尔原来是孟菲斯墓地的神明，随着时间的推移，他逐渐与丧葬领域和杜阿特有了紧密的联系。在夜间的第四和第五个小时里，他掌管着他的沙漠领地，就像在《阿姆杜阿特》（见下文）之中描述的那样。索卡尔被描绘成一个鹰首男子，戴着上埃及的白冠或奥西里斯的阿太夫冠。他偶尔被描绘成长有人脸、戴着垂饰假发的样子。无论是站着还是坐着，他通常身披斗篷，手持权杖和鞭子。索卡尔也被描绘成一只头戴上下埃及双冠的鹰，他与海努船（henu-barque）紧密相关。海努船是一艘装饰精美的仪式船，索卡尔鹰栖息于上。

《金字塔文》说索卡尔是"国王之骨"的创造者。在荷鲁斯的协助下，他在来世接纳死去的国王，然后用他的海努船把他们送上天。他在非王室死者的复活中也扮演了重要的角色。此外，索卡尔最初是工匠（特别是金属匠）的保护者。

索卡尔往往以融合的神明普塔赫－索卡尔－奥西里斯的身份出现，这个融合的新神明象征着创造、变形和重生，统合了每个神明的主要力量和职司。他的家庭成员并不固定。尽管他有一个名叫索卡瑞特的妻子，一个名叫拉斯维加的儿子，但是涅斐提斯和塞莎特有时候也被说是他的配偶。索卡尔所属的神圣集团也是不固定的：在孟菲斯，他与孟菲斯的克努姆、海尔拉曼薇菲和塞日姆组合在一起，但是，当他以太阳神的样子出现时，他与涅斐尔图姆、五个"拉神的神圣女儿"有关系。

《阿姆杜阿特》中第五个小时的索卡尔的洞穴。

追随者们惩罚他们的敌人。一个蛇头怪物捆住奥西里斯的敌人，割掉了他们的脑袋。现在第八个小时到来了，获胜的太阳神为（满怀感激之心的）死者送上衣服。同样，在第九个小时，太阳神为死者提供衣物，而其他神拿来谷物招待死者。在这里，奥西里斯的敌人也被处罚，不过这一次是在法庭上进行的。

　　头顶大蛇的女神们照亮了道路，太阳船在第十个小时抵达了"深水和高岸〔之地〕"。这里有一个长方形的水池，荷鲁斯把居于其中的溺亡者救起来，使他们能获得一个好的来世。在第十一个小时，诸神为东方地平线上太阳神的重生做准备，拉的敌人被消灭殆尽，某些敌人深陷火坑而脱身不得。以蛇的样子现身的伊西丝和涅斐提斯，把王冠带到了赛斯城，一条名叫"世界的环绕者"的蛇恢复了太阳的活力。现在，诸神进入了这条环绕世界的蛇的体内，这标志着夜晚最后一个小时即第十二个小时的来临。一些年龄较大的神拖着太阳船穿过蛇的身体，他们从蛇的嘴里出来后就变成了新生的孩子。黎明来临，太阳蜣螂凯普利恢复了活力，变得年轻起来，飞向了天空。舒神将太阳神举起，适时关闭了太阳神背后的杜阿特大门。太阳在"双狮子"卢提上升起来，新的一天开始了。

　　以上描述基于新王国时代王墓墙壁上抄写的名为"阿姆杜阿特"

（意思为"杜阿特之中有什么〔之书〕"）的来世文献。然而，随着时间的推移，王墓中也出现了其他来世"书"，它们以稍稍不同的方式描述了太阳神在杜阿特之中所面临的磨难和苦难。例如，《大门书》的重点是太阳船在通向黎明的旅途中必须通过的那些关口，描绘了太阳船上的太阳神的公羊头巴——曼亨蛇以盘曲的保护性姿态环绕着太阳神的巴，胡和西阿护佑在太阳船两侧。《大门书》还描绘了第五个和第六个小时之间的奥西里斯审判大厅的场景。在这里，一头作为无序的象征的猪被吓跑了，不可见的敌人躺在神的脚下。在第六个小时，助手们带来了太阳神的尸骸，但是其身体是不可见的，与太阳神肉体的接触使得接触太阳神尸骸的搬运者的手臂也不可见。在第七个小时，拉的敌人们被绑在豺狼头的"盖伯之柱"上，恶魔们对其进行折磨。在《大门书》的最后场景里，太阳从努恩中重生，而不是被舒神举起来。

金字塔文

王家来世信仰在古埃及历史上演化了三千多年，已知最早描述国王死后命运的文字，刻写在塞加拉的第五王朝乌那斯金字塔的墙壁上。这些在今天被称为《金字塔文》的铭文，随后又被刻写在古王国时代的国王们和一些王后的金字塔中。铭文帮助国王升到天上，与诸神会面，这样，他就会永久陪伴在太阳神身边，变成一颗永不消失的星星。

他到天上的方式有很多：他可以利用斜坡，或变成蚱蜢，或依靠舒神的帮助。为了保证旅途顺利，国王需要知道来世之域的地理状况，知晓他可能面临的危险。他要与门卫和船夫说话，他必须知道正确的名字，懂得关于前行的正确的知识。《金字塔文》多次提及国王的给养、行动，以及对包括蛇、蝎子在内的敌人和力量的驱逐。《金字塔文》中提及了一些在后世的来世"书"中常能看到的一些地方，如芦苇地和祭品地，也提及豺狼湖和蜻蜓水道等地。升空后，死去的法老加入太阳神的随员之中，乘坐自己的船遨游天空。

不像较早的来世书，《洞穴书》的重点放在对被诅咒者的折磨上，而《地书》则强调盖伯、阿凯尔（保卫东西地平线的神明）、塔坦能在太阳复活中所起的作用。

◀ 大地 ▶

埃及人把他们的国家看作是圆形世界中央的一块平坦的长条农耕地，这个地区的黑色土壤给了这个国家最常见的名字"凯迈特"，意思是"黑土地"。表示"土地"的象形文字反映了这一点：一块平坦的长条土地，下面常有三个圆圈表示土块。埃及在农业上的富庶，使得奥西里斯在埃及人的日常生活中扮演着重要的神话角色；作为象征再生的神明，奥西里斯负责每年农作物的生长。土地作为整体则是盖伯的化身。孟菲斯的神明塔坦能本来象征着创世的第一个土堆，有时候其职司得到扩展，也可以象征洪水退却后露出来的肥沃土地，甚至是埃及本身。

埃及人把他们的国家分成三角洲和尼罗河谷（分别为下埃及和上埃及）两部分，每部分又进一步划分为一些塞帕乌特（行政区或省）——其希腊名"诺姆"在今天更为有名一些。它们的数量随时间而有变化：到埃及历史后期，有 42 个诺姆，下埃及 20 个，上埃及 22 个。每个诺姆可以通过其徽章得到辨认，头顶诺姆徽章的女神为诺姆的化身。

每个诺姆的主要神庙中的神明，要么是独一无二的神明，要么是像荷鲁斯这样的主要国家神明的地方形式。例如，在上埃及，托特是第 15 诺姆的主神，其中心在赫尔摩波利斯；阿努比斯是第 17 诺姆的主神，涅姆提是第 18 诺姆的主神。随着时间的推移，围绕这些神明及其诺姆和神庙的神话发展起来了：朱密亚克纸草记载了上埃及第 17、

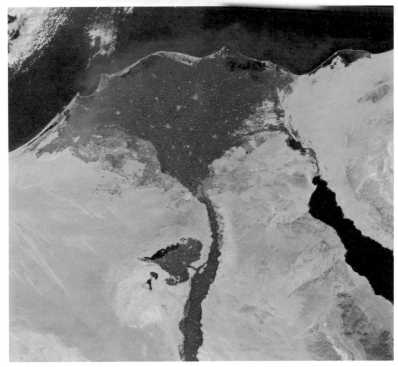

绿色的农耕地和严酷的黄色沙漠之间的强烈对比十分引人注目。

18 诺姆的特有的神话；埃尔阿里什的一座神殿详细记载了下埃及第 20 诺姆的神话；而布鲁克林纸草第 47.218.84 号收集了来自三角洲的各个诺姆的一些神话，其中某些神话是在其他资料中看不到的。有时候，这些神话是基于通行主题的当地改编版本。例如，一些神庙声称其是创世的最初地点，即最早从努恩中升起来的那块土地。在这个基础上，他们围绕他们自己的神明，改写埃及人关于创世的一般性阐述。

　　神话也可解释节日的由来。在三角洲的莱托波里斯举办的当地版本的"圣化棍棒"节日，纪念荷鲁斯和塞特率领各自的追随者们在此诺姆的斗争；在相关的神话中，荷鲁斯及其追随者们对化身为鸟的敌人作战，把他们抓在网里，但是无意中打死了奥西里斯，因为奥西里斯与敌人一起困在了网中。在节日中，圣化的棍棒可能被用来击打困在网中的荷鲁斯的敌人的象征物——可能是鸟。

这些神话及其与特定诺姆的关联，并不是一成不变的。例如，到新王国时期，上埃及第 7 诺姆的巴特女神已经融入上埃及第 6 诺姆的哈托尔崇拜之中了。有时地方神话的传统也会跨越诺姆的边界：《奥西里斯书》（记载奥西里斯的节日期间举办的仪式及仪式的举办时间）从其起源地上埃及第 9 诺姆传遍了全国的城镇。

尽管所有的诺姆都有自己的神明，每座神庙也通常以"核心神话"

埃及的希腊诸神

希腊人在埃及的神明中看到了他们神明的对应者。这些对应包括：

宙斯 = 阿蒙

赫淮斯托斯 = 托特

狄奥尼索斯 = 奥西里斯

得墨忒耳 = 伊西丝

堤丰 = 塞特

阿波罗 = 荷鲁斯

赫尔墨斯 = 托特

阿佛洛狄忒 = 哈托尔

反过来，这种关联使得一些埃及崇拜中心有了希腊名字。这些名字是围绕神的希腊名字而非埃及名字而形成的：托特的崇拜中心是古代的赫蒙（"八城市"，其名来自创世前宇宙的八神团），即现在的埃尔艾什穆奈因，希腊人将之称为赫尔摩波利斯（"赫尔墨斯之城"）；哈托尔的崇拜中心之一是古代的潘尔－涅坂特－坦普－伊胡（"女主人——'母牛的头领'的房子"），即现在的艾特菲赫，靠近法尤姆绿洲，它的希腊名字是爱富罗底德波里斯（"阿佛洛狄忒之城"）。

为基础发展出了自己的神话，但是，有一些地方要更重要一些，根据《金字塔文》，上埃及伊斯纳附近的盖赫斯提（"双瞪羚之地"，可能是考米尔的所在地）是塞特谋杀奥西里斯的地方。朱密亚克纸草也提及了这个地方：在这里，伊西丝通过各种化身——狮子女神塞赫曼特、尾巴上长有一把匕首的狗、与哈托尔有关系的一条大蛇，来保护奥西里斯的尸体免受塞特的伤害。纸草文献中提及，化身为大蛇的伊西丝前往该诺姆北部的一座山，去监视塞特的追随者们。当他们下山的时候，伊西丝攻击了他们，用她的毒液毒杀了他们。他们的血流在山上，变成了杜松子。此纸草中关于该事件的另外一个版本说，伊西丝的身

上埃及第 18 诺姆的一则神话中的涅姆提神

众神的船夫、上埃及第 18 诺姆的主神涅姆提常被描绘成一只鹰，在文献中，他通常以遭受日益不堪忍受的惩罚的倒霉蛋的面目出现。在《荷鲁斯和塞特之争》中，我们已经看到伊西丝是如何用金子打点他，让他把她摆渡到塞特和其他神明撤退的岛上的。因为这件事情，诸神砍掉了他的脚趾头，他宣布在他的城镇中黄金是"可憎的东西"。同样，在另外一则神话中，塞特给了涅姆提黄金，让他把自己摆渡过河，到瓦贝特攻击奥西里斯的遗体。这一次，似乎涅姆提的舌头被割掉了。

朱密亚克纸草汇编了出自涅姆提的诺姆的神话。纸草中说，涅姆提被剥了皮，似乎是因为其在爱富罗底德波里斯砍掉了母牛女神的头颅（虽然托特用法力把母牛头重新安在了女神的身体上）。他的皮肤和肉来自母亲的乳汁，所以被剥了下来，而来自父亲精液的骨头则保住了。然后，诸神带着涅姆提的肉体去游行。涅姆提身上绑着绷带，以替代他那失去了的皮肤，但幸运的是，不久母牛女神海莎特（在有些文献中是阿努比斯的母亲）用她的乳汁恢复了他的肉体。这个神话试图解释涅姆提的雕像用银子（诸神骨头的原材料）而非更常用的黄金（诸神肉体的原材料）做成的原因。

边还有涅斐提斯，伊西丝化身为直立的眼镜蛇（王权保护神），咬伤了她的敌人，向他们投掷长矛。据说，盖赫斯提也是诸神的埋葬地，舒、奥西里斯、荷鲁斯和盖赫斯提的哈托尔都埋在此地。但是，到了埃及历史的后期，许多神庙都宣称其是诸神墓葬的所在地。

◀ 尼罗河 ▶

尼罗河穿过东撒哈拉沙漠，由南向北一路流入地中海，带来了两岸生命的蓬勃生长。对埃及大部分地区而言，尼罗河就是一条单一的河流，但是，在现代开罗、古代孟菲斯附近，尼罗河分化出一些支流，形成了三角洲地区巨大的沼泽地。今天，那里只有两条支流，但是在古代有五条。尼罗河造就了河谷和三角洲之间的巨大差异，这助长了埃及人对二元论的痴迷。整个国家被称作"两土地"，每一块土地都有自己的王冠：下埃及的红冠和上埃及的白冠。此外，女神涅赫伯特和瓦杰特分别代表上、下埃及。涅赫伯特的意思是"涅赫伯的她"（涅赫伯为现在埃尔卡伯的所在地），她通常被描绘成一只秃鹫，戴着白冠，而瓦杰特被描绘成一条戴着红冠的蛇。

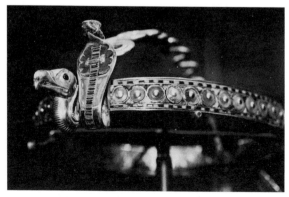

图坦哈蒙冠冕上的秃鹫涅赫伯特和眼镜蛇瓦杰特。

一年中最重要的事情便是尼罗河的泛滥，泛滥期大约有 3 个月的时间（我们的 7、8 和 9 月），此时，河水决堤，把丰富的冲积物带到地上，这对河水退去后庄稼的生长是大好事。这种特异的自然现象使埃及人（和外国人）产生了持续的兴趣，他们试图对此做出解释。渐渐地，每年的泛滥成为循环再生的象征，这塑造了埃及的民族精神，推动了神话的发展，强化了埃及人认为自己为诸神所保佑的信仰。河水即将升高的一个征兆，是天狼星在消失了大约 70 天后重新出现。另外一个征兆来自埃勒凡泰尼的萨坦特女神神殿底下的一个洞穴，这个洞穴是埃及人认可的位于传统埃及南部边界上的尼罗河源头，从中传出来的声响预示着河水泛滥的到来。在这个洞穴中，诸神抚慰努恩，甚至据说拉也到那里拜访努恩。对埃及人来说，流入世界的所有水都来自努恩，尼罗河也不例外："来自高处的尼罗河"涌现出来，这是"新鲜的努恩"[6]。努恩的惰性之水是无法接触的，具有无限的特性，完全环绕着世界，时刻会闯入和摧毁万物，但事实上，任何时候挖开一个洞，地下水出来，努恩就闯进来了。

尽管，尼罗河本身并未被人格化成神，但是，泛滥被称为"哈皮〔神〕的到来"。正是通过哈皮的行动，土地才得以重新肥沃起来。在人们的描绘中，哈皮通常长有蓝皮肤、鼓鼓的腹部，穿着裹腰布，长有长发的头上有一丛纸草。他长着下垂的乳房，这是丰饶的标志。他常常端着满满一托盘的供品，与努恩一样，被认为生活在埃勒凡泰尼的一个洞中，然而，"没人知道它在哪里，书上没有记载他的洞穴的所在"[7]。

尽管没有崇拜哈皮的神庙，但是，埃及百姓用颂歌和音乐赞美他。他是一个这样的人："用洪水浇灌拉创造的田地，滋养了所有的口渴者……当他发洪水的时候，大地欢喜，所有的腹部都在高兴雀跃，所有的下颌骨都放声欢笑，所有牙齿都裸露在外。"[8]人们都清楚，因哈皮的工作，才会有食物；因他的洪水，亚麻和纸草得以生长，人们才能制造出衣物和书籍。因为哈皮让农作物生长，所有牲畜才能长肥长胖。的确，哈皮的出现带来的东西要比任何财富都珍贵："没有人用黄金拍打他的手，没有人会饮用银子而大醉，没有人能吃下天青石。"⁹另一方面，如果哈皮死气沉沉地出现，那么，混乱将至，大家受穷，百姓饿死，暴力滋生。

尼罗河的泛滥也被看作伊西丝的眼泪，或被视为从奥西里斯尸体上流下的液体，这些液体把奥西里斯的再生力量注入了无生命的土壤中，使其重获肥力和活力。当洪水退却后，或当埃及人把水献给奥西里斯的时候，水被视为进入了奥西里斯那死去了的、干燥的尸骸，让奥西里斯得以复活，就如卡灵魂回到死后的尸体，复活了死者一般。

赋予生命的河流同时也是危险的。溺水是常见的危险，生活在河水深处的鳄鱼和河马，时常会用他们的下颌咬住人们，把他们拖拽向死亡。为此，围绕生活在河岸边的和河水中的危险生物的神话发展起

索贝克

鳄鱼头神索贝克与
阿蒙霍特普三世。

索贝克常被描绘成一个鳄鱼头男子，戴着有角的日轮和羽毛，在《金字塔文》中，他是女神奈特的儿子。为他修建的神庙位于尼罗河沿岸的特别危险的地方，特别是那些鳄鱼可能发动攻击的地方，如上埃及的考姆翁布和法尤姆。作为神明，他与河岸、沼泽地有关系，在某些资料中，尼罗河被说成是他的汗水。在伊西丝砍断了荷鲁斯的手后，索贝克从尼罗河中捞出了荷鲁斯的手——显然，手指头不停从他手中滑开，因此他成为第一个发明网的人。索贝克不满足于住在河中，他也被称为巴胡之主。巴胡是神话中地平线上的山，在那里，索贝克生活在红玉髓建造的神庙中。

来了，这些生物被崇拜为神，如索贝克。

◀ 尼罗河流域之外的地方 ▶

埃及把三角洲、尼罗河谷的黑色而又肥沃的土地之外的任何地方，都视为沙漠之地，无秩序和危险的地方，称之为"丹塞拉特"（desheret），即"红土地"。对古埃及而言，安全的、能赐予生命的绿色草木，与野蛮、荒凉的危险之间的强烈反差是引人注目的，这在今天的人们眼中同样如此。尼罗河流域的西边，是西沙漠的黄色沙丘与绿洲，而东边则是东沙漠的群山与丘陵。再往远处的地方，是与埃及大不一样的国度，在那里，陌生的人群生活在与埃及的平坦地貌截然不同的丘陵地带。事实上，东、西边的沙漠，北边的地中海，以及南边的危险的尼罗河瀑布（现在淹没在纳赛尔湖之下了）所圈定的埃及的自然疆界，孕育出一种埃及坚不可摧、与世界其他地区相分离的观念。来自危险的沙漠中的任何入侵者，乃至和平的商贾，都在强化着埃及人对"他者"与"自我"的认知。这些身份不明的外来者，不打招呼突然出现在危险的沙漠中，就如那些来自危险沙漠中的产物以及沙漠中固有危险——如沙暴、蛇和蝎子——的化身一样，威胁着那宝贵而又舒适的埃及乐园。因此，法老击打以模式化手法描绘的外国人的形象，成为国王的（因而埃及的）统治权，以及世界复归其固有的、有序状态的象征。

正是在遥远的沙漠地区，埃及人得到了许多自然资源。埃及人在西奈找寻绿松石，在东沙漠寻找黄金与次宝石。通常，某种物质之所以被埃及人选定，在于该物质的颜色的象征意义：绿色与生命、繁荣和健康相关；黑色与杜阿特、富饶和复活有关。蛇纹岩的纹路看起来像蛇，因此，埃及人用它来制作抵御蛇咬伤、蛇毒的护身符和雕像。红色的石头象征人的肉体，而黄金是诸神的肉体，且与太阳有关。

埃及艺术以模式化的手法描绘人像，例如埃及人的敌人（从左到右）：一个利比亚人，一个努比亚人，一个亚洲人，一个"北方人"，以及一个穿着利比亚服装的赫梯人。

某些物质有着神圣的、神话式的起源。一则神话记载道：

> 荷鲁斯哭了，眼睛里流出的泪水，掉在地上，干了后，长出了没药树。盖伯觉得不舒服，鼻子里流出了血，落在地上，干了后，变成了杉树，杉树的树液中产生了树脂。舒和泰富努特大哭，他们眼中流出的泪水，掉在地上，干了后，长出了香料。[10]
>
> ——索尔特纸草第825号

在上埃及第18诺姆的一种红色矿石，被说成是沾满血的石头，这种石头是自阿努比斯在此地的一座山上砍掉了塞特随从的脑袋之后生出来的。布巴斯提斯的一则神话提到，巴斯坦特女神的血流下来，变成了绿松石。

据说，沙漠国度被"献给了塞特"[11]，但是，其他神明也与沙漠有关系。常常被描绘成男子或鹰的阿什神，就是西沙漠的神明，管理包括诸绿洲和利比亚在内的沙漠地区。阿什也能安抚杜阿特里面阻碍死者那些愤怒的神明。另外一个沙漠神明是哈，从其头上顶着的三座

绿松石之地西奈的沙崖。

山——指代域外的象形文字符号，我们可以认出他来。该神被描绘成这个样子：要么配备有一把匕首，要么武装有一张弓。他保护西沙漠和绿洲的百姓免遭劫难，尤其是来自游牧部落和利比亚人的威胁。因为日落在西方，所以西沙漠与死亡有着紧密的联系。

　　敏与哈托尔被认为守护着沙漠中的道路。敏与东沙漠有关系，但是，他的主要神圣职司为与性相关的生殖能力。他那像埃及肥沃的黑色土壤一样的黑皮肤，他那勃起的阴茎，凸出了他的丰产属性。他常常举起一只胳膊，这是一种威胁性的姿势，表现了敏的庇佑百姓的力量。他也被认为能把雨云送到沙漠之中。东方之主索普都，也与埃及的东部国境有关系，他庇护着驻在要塞和矿区哨卡的士兵。当他被描绘一个男子的时候，他那长头发和尖状的胡须（贝都因武士的样子）就是其典型的特征。他常常配备有一支长矛或一把斧头，戴着装饰有长羽毛的王冠。他也被描绘成肩膀上有着一个连枷的卧着的鹰隼。女神帕凯特，其名字的意思为"抓挠者"或"撕裂者"，是一位好斗的女神，管理着干河（wadis）的入口。矿山也与某些男神或女神有关系。在西奈的塞拉比特·卡迪姆的绿松石矿山，矿山远征队的队员向"绿松石的女主人"哈托尔祈祷，寻求庇佑。哈托尔也被称为"孔雀石的女主人"，此外，她与黄金和铜也有联系。

应对日常生活中的不可见者

除了为周围世界的有形特征提供解释外，神话也渗透到了埃及人日常生活的方方面面。神话对生病、好日子和坏日子、做梦做出解释。在这个超自然世界中，巫术是强大的日常工具，可以用来操控环境，避开麻烦，但是其功效常常依赖于神话先例的基础。神话、超自然和世俗，在埃及人的日常生活中交织在了一起。

◄ 神话和神庙 ►

这是公元前 1200 年，你到了卡纳克的阿蒙神庙的大围墙下，它那高高的、灰色的矩形身影（泥砖砌成，呈现出波浪图案），耸立在你的面前，在地上投下一道长长的影子。这些墙保护着里边的神庙群，把城市的拥挤喧嚷（密集的房屋、吵闹的小摊贩、垃圾满地的街道）与神庙的纯净圣洁分隔开来。

你进入神庙区域，看到了远处的阿蒙神庙的砂岩外墙。阿蒙神庙的入口处是高高的塔门，门面上的旗杆高高耸立，国王的肖像与诸神的肖像深深刻在砂岩上。塔门的高度要远远高于你家附近的任何建筑物，这营造出一种令人敬畏的氛围，你会赞美诸神庇佑埃及。在周围，朝圣者用手指抓着墙，希望能带走一点神庙的神圣力量。其他人在抚摸过去贵族的雕像，这些雕像在入口处或蹲着或跪着，如石头哨兵一般，茫然地凝视着前方，如同时间永远停滞了一般。每一道通向阿蒙的房子这一神圣区域的木头门，都对你关闭着。只有在特殊时候，这些门才会被打开，公众才暂时被允许进入神庙的神圣的内部区域，而且只能进到外部的庭院。在那里，获准进入的朝圣者们又会看到古埃及精英们的雕像，这些精英得到王家允许，把他们的雕像放在神庙的庭院里，这样，他们就能永远参加一年一度的神圣节日，能获得神庙的祭品，能接近里边的神明。然而，今天不是特殊的日子，进入神庙需要举行净化仪式，不是祭司或法老（国家的最高祭司）的话，你是进不去的。

一座埃及神庙，不像一座教堂或清真寺，它不是城镇或城市里普通民众定期聚集和祈祷的地方，而是神的房子，神在地上的宫殿，天空与大地的连接处，宇宙的象征。它也是充满神话色彩的区域：围墙是有序与无序的分界线，而墙上那呈波浪状排列的泥砖，也许是模仿了拍打着这一被造世界边缘的努恩之水。塔门象征着地平线，这是不同界域之间的过渡之处，其双塔象征着冉冉升起的太阳两侧的山顶。神庙的中轴模仿了太阳穿过天空的轨迹。多柱厅象征着沼泽地，这是努恩水域为创世土堆让路的变化之地。厅内的柱子是沼泽地的植物，柱头是纸草簇或荷花。同时，柱子是支撑着天空的天柱，神庙天花板上画的星星图案强化了这种观念。再往远处看，神庙后部的神的神殿是创世的第一个土堆，同时也是天的象征，它为在大地上神殿里的神圣居住者提供了熟悉的环境。创世的不同区域也体现在神庙的设计之中：天花板和墙的上半部分是天界，墙的下半部分和地板是地界，下边的地下室是杜阿特。

在神的神殿内，神化身于崇拜雕像之中。雕像由石头、金子、银子或镀金的木头做成，并用宝石进行装饰。神并不是总在雕像中，但是只要神愿意，就能进入雕像中，与他的有形的样子结合在一起，这样，高级祭司就可以与神那不可见的力量交流了。在神庙深处的圣殿里，祭司在日出、正午和日落时分（太阳每日的生命轮回中的关键时刻）为神举行仪式（为神提供食物，为神穿衣服，用芳香物质涂抹神），期望神能够做好事予以回报。此外还有专门的仪式，由精选的少数人举行，只有神的高级祭司和国王能够进入圣殿内，仪式中的协助者只能待在外面的房间和走廊里。

一般人不能接近神庙中的诸神，就如他不能接近宫殿中的国王一样。埃及人需要通过其他途径与神建立关系。

那么，你会怎样与一位神明进行交流呢？

◀ 与诸神交流 ▶

安放在神庙庭院中、外大门前面和门前的雕像，是一般埃及人接近众神的一种媒介。一些雕像——无论描绘的是贵族还是国王，可以充当中介，把朝圣者的祈祷传递给里边的众神，以换取他们的名字和献祭文能被大声读出来。哈普之子、高级官员阿蒙霍特普的雕像，原本立在卡纳克神庙第十塔门的门前，其上面刻写的一篇铭文写道：

> 哦，卡纳克的人们，他们希望见到阿蒙。到我这里来，我好报告你的祈求。我是这位神明的传令官，如涅布马阿特拉〔阿蒙霍特普三世〕任命我传达两土地所说的任何话一样。请为我献上"王赐给的礼物"，天天呼唤我的名字，就像为一个被赞美者所做的那样……[1]
>
> ——埃及博物馆第 JE 44862 号

虔诚者也能进入专门的"听耳"（Hearing Ear）小神殿——该神殿修建在靠着神庙后外墙的地方（这样，人们就可以随时进入），可以走

哈普之子、高级官员阿蒙霍特普的刻字雕像。

近里边的国王和诸神的大雕像，向他们进行祈祷。人们也可以接近神庙外墙上的神圣肖像，它们被雕刻在尽可能靠近圣殿的地方，这些肖像可以穿过神庙的墙把消息传给对面神殿中的神明。同样，信徒把信息写在亚麻布上，然后把写满信息的布绑在棍子上，再把棍子塞进圣殿或小神殿的泥砖墙里，或塞进神庙门里或门框里，里边的神明也能看到写给他的信息。

在国家神庙的大墙之外，小的神殿散布在埃及大地上。它们对所有人开放，常常供奉着对日常生活有着特别影响的神明，如爱神、婚姻神、母亲神哈托尔。在底比斯的哈托尔神殿里，人们留下了妇女或阴茎的小塑像，希望获得生育力。雕刻在还愿碑上的感恩或忏悔的祈祷文，也会被留在神圣的地方——倘若一个人认为，一位神明介入了他的个人生活，那么，他可能会以这种方式向世界宣布神的力量。雕刻有铭文和大耳朵图案的"耳碑"（Ear stelae），也会被放在神殿或神庙的附近区域；神圣的耳朵扮演着神圣电话的角色，它为祈愿者架起了直通神的直线电话，保证神能听到所有的祈祷和请求。

雕刻于新王国时代的孟菲斯的一块耳碑。

◀ 节日和神谕 ▶

在某些节日里，祭司们从神殿内拿出神像，放在圣船上的移动神龛内，而圣船通常放在圣殿旁边的一个房间里。祭司们用船两侧的杆子抬起船，肩膀扛起整个圣船，然后抬着神在神庙外游行。在游行中，圣像隐藏在薄纱之后，确保圣船内的圣像免受不洁目光的玷污。（一个需要注意的例外是敏神的雕像，其在游行中似乎是完全可见的。）

在这些节日里，通常会举行一场包括城镇神、地方的阿蒙神或死去并神化的国王（如戴尔·埃尔美底那的阿蒙霍特普一世）在内的游行，公众可以接近神并向其咨询。他们可以通过多种方法获知神的意见。最简单的方法是问一个问题，神通过这样的方式予以回答：神将回答传入祭司的心中，祭司把圣船向前倾表示"是"，祭司向后退表

阿拜多斯的塞提一世神庙里描绘的阿蒙－拉的圣船。

示"否"。有时候人们分别在陶片、石灰石片或纸草上写下几个选项，然后把这些选项放在游行队伍前面的地上，供神阅读。在这种情况下，神只要督促祭司走向最合适的选项，从而"选定"一个答案。在其他时候，人们会在神面前大声朗读一张单子，神做出的动作会指示阅读者在何处停止。与预想不同的是，人们并不总是信服神的决定。第20王朝时期的一个原告，在三位地方的阿蒙神面前为自己辩护，但是这三位阿蒙神却都证实他犯有罪行。

在埃及历史的后期，神庙有供朝圣者睡觉的用于敬神的房间，这些朝圣者希望在梦中与神交流，这种做法称为"孵育"（incubation）。举例说，如果你想治疗不育症，你可以去朝拜神庙，在庙里过夜，第二天早上向解梦者描述你在梦中看到的一切。然后，他会向你解释生孩子的最好的办法。也许，与孵育有关联的最重要的神庙，是塞加拉"山巅"上的伊蒙霍特普神庙。在后埃及时代，人们向伊蒙霍特普祈求

伊蒙霍特普神

伊蒙霍特普神。

伊蒙霍特普是这样一类数量较少的神明：他们是作为凡人出生的真实的历史人物。伊蒙霍特普是左塞的阶梯金字塔（埃及建造的第一座金字塔）的设计者，生活并死于第 3 王朝时代，但是，到了一千多年后的新王国时代，他被崇拜为书吏保护神。到后埃及时代，他完全被神化了，人们向其祈求治病，以致希腊人将他与自己的神明阿斯克勒庇俄斯（古希腊神话中的医神——编注）联系了起来。伊蒙霍特普也许在现代文化中最为人所知，因为在较早的鲍里斯·卡洛夫参演的电影中的那具木乃伊就叫伊蒙霍特普，而在最近的同名电影中，阿诺·范斯洛主演的人物名字也是伊蒙霍特普。

自己动手的埃及巫术：召唤伊蒙霍特普

若你需要在梦中召唤伊蒙霍特普，那就遵照这些指示——现藏于大英博物馆的公元 3 世纪的希腊巫术文献如是写道：

1. 找到一只"田野里的壁虎"。

2. 把它淹死在一碗莲子油里。

3. 在一枚镍铸做成的铁戒指上，用希腊语雕刻上"孟菲斯的阿斯克勒庇俄斯"（即伊蒙霍特普）。

4. 把戒指泡在有死壁虎的莲子油里。

5. 把戒指举起来，对着北极星。

6. 说七遍："坐着基路伯的 MENOPHRI（有学者认为此处指"孟菲斯"或"孟菲斯的"——编注），请把真实的阿斯克勒庇俄斯送来我身边，而不要送来骗人的恶魔。"

7. 在你睡觉的房间里，在一只碗中烧三粒乳香，让戒指穿

（接上页）

过烟雾。

8. 说七遍："阿斯克勒庇俄斯神，现身！"

9. 当你睡觉的时候，把戒指戴在右手的食指上。

10. 等候伊蒙霍特普出现在你的梦中。[2]

医疗帮助，到他的神庙中睡觉，去做梦，希望变成神的建筑师能够现身并治愈他们（或最起码给一个药方）。在附近，又有一个献给贝斯神（见下文）的孵育房间，里边装饰有色情图案，可能人们来这里治疗性或生育问题，或甚至到这里生孩子。

◀ 历法神话 ▶

埃及的民用历一年有 3 个季度，都以一年中的农业活动命名：潘瑞特（peret），意为"生长"；闪姆（shemu），意为"收获"；阿罕特（akhet），意为"泛滥"。每个季度有 4 个月长，每个月有 30 天，并分成 3 个各包含 10 天的星期（名为首周、中周、末周）。岁末加上额外的 5 天，作为主神的生日，称为"闰"（epagomenal）日。一年共有 365 天。因为真正的太阳年要比它稍长一些，所以，民用历与太阳年逐渐失去同步性，这使得季节的名字与其所描绘的事物没有了关系。因此，尽管埃及人在民用历的岁首庆祝元旦（wenpet renpet，意为"年的开启者"），但是他们也认识到天狼星偕日同升才是他们的太阳年、农业年的岁首。因为历法的不同步，所以，每过 1460 年，天狼星偕日同升才会与民用历中的元旦在同一天。

季节也给他们带来了麻烦。在炎热的夏季，尼罗河的水位最低，称为"年瘟"的瘟疫传遍了整个国家。那些患病者被认为是被塞赫曼

《解梦书》

如果你喜欢睡在家里而非神庙里，你可以躺在你自己的床上过夜，第二天早上再去神庙，请求专业者解释你的梦。埃及的祭司们有《解梦书》，上面记载了对许多梦境的解释。"若一个人看到高高在上的神，"一个条目写道，"吉，这意味着有一顿美餐。"[3] 另外一个写道："若一个人在梦中梦到自己喝葡萄酒。吉，这意味着依照马阿特生活着。"[4] 然而，并不是所有的梦都有一个正面的解释："若一个人在梦中看到自己喝温啤酒。凶，这意味着灾难要降临在他头上。"[5] 还有，"若一个人在梦中看到自己剪下了手指甲。凶，〔这意味着〕手上的工作会丢掉"[6]。若你懒得做梦，你可以付钱给一个祭司，让他为你做梦。

特的七支箭（女神的仆从的名字）射中了。从公元前 3 世纪起，塞赫曼特的恶魔便是由图图神率领着，而图图神通常被描绘成斯芬克斯。通过仪式性的行为，好斗的塞赫曼特可以平静下来，转变成友好的巴斯坦特、哈托尔或穆特，变身后的塞赫曼特可能会战胜而非传播瘟疫。人们也使用咒语来抵御塞赫曼特的瘟疫。一个人在外面绕着他的房子来回走，手拿一个丹斯木棒（des-wood），开始念咒："离开，杀人犯！风吹不到我的身上，过路的恶魔就不会朝我肆虐了。我是荷鲁斯，我与塞赫曼特的游荡的恶魔一起走过。荷鲁斯，塞赫曼特的后裔！我是唯一者，巴斯坦特之子，我不会因你而死！"[7] 这只是用于保护家庭的大量咒语中的一个而已。

在民用历"真正"的岁末之后加上的闰日里，有着同样的危险。这是一个充满了巨大的危险和恐慌的时期，此时，埃及人担心宇宙可能陷于停滞，新年可能永远不会来临。在最后一个闰日，人们认为塞赫曼特掌控了 12 位使节 —— 那些凶手（khayty），他们是从拉之眼中生出来的。他们现身于埃及各地，他们能看得很远，他们从嘴里射箭，利用疾病和瘟疫进行杀戮。由此可以理解，元旦的到来是一个非常快乐的时刻，人们互赠礼物以庆祝该节日。

标记吉凶日的历法把民用历的每一天都与特定的神话事件联系在了一起，建议人们在那一天采取正确的行动，以避免麻烦或取得成功。这些事件有时候以现在时态呈现，仿佛神话活动是周期性的、持续性的，永远在每年的同一天发生。许多条目警告人们不要离家外出，或不要吃某种食物，或甚至不要出去航行；一些条目则警告人们在某个日子不要念塞特的名字。关于潘瑞特季的头一个月的第十四日，一本日历上的条目写道："伊西丝和涅斐提斯哭泣着。就是在这一天，她们在布西里斯哀悼奥西里斯，纪念她们所看到的。在这一天不要唱歌，不要吟诵。"[8] 关于潘瑞特季的第三个月的第七日，我们被告诉说："在拉落山之前，不要走出你的房子。这是拉之眼召集追随者的日子，他们会在黄昏来到他跟前。当心！"[9]

◀ 家中的众神 ▶

绝大多数埃及民众过着乡村生活，住在泥砖房子里，耕种田地。尽管，大神庙中的神明就如宫殿中的法老一样遥不可及，但是，诸神及其神话在家中仍然扮演着重要角色。现在我们能够说明这一点，要归功于戴尔·埃尔美底那地区保存完好的新王国时代的住房。戴尔·埃尔美底那是国有的居住地，是为开凿、装饰帝王谷中的王陵的工匠而修建的。

工匠在卡纳克神庙或观看了节日游行，或与祭司讨论了自己的梦境之后，从卡纳克神庙返回来。他经由漆成红色（辟邪的颜色）的木头门，走进了他的房子，进入了他那狭长的方形房子中的四个房间中的第一间。在房间的一个角落里，有一个砖台子，人可以通过台阶靠近这个台子。这是一座丰产祭台，其上雕刻有贝斯神肖像、舞女肖像

祖先胸像（如图）可以沟通活人和死者。

和旋叶藤（通常与"出生乔木"有关的象征物）的图案。在这个房间及其相邻房间中（在那里，一根柱子顶着天花板，一个低矮的泥砖台是休息的地方），泥砖墙里建造有长方形的拱顶壁龛，里边有献给祖先（人们将其视为"拉的优秀的灵魂"）的碑和石制胸像。工匠及其家人崇拜这些圣物，他们把祭品放在石桌上，在祭品前放置石灰石花束，以请求最近去世的人给予庇佑。在这两个房间里还有另外一些壁龛，里边放着包括索贝克、普塔赫和阿蒙在内的国家神的微型雕像。哈托尔、塔薇瑞特等家神的雕像，也放在房子中的壁龛中，就如祖先胸像一样，壁龛旁边有碑和祭桌。工匠的厨房中也有神龛，这是献给像曼瑞特珊格尔、拉涅努坦特这样的与丰收有关的女神们的。工匠把司丰饶之神的小神像放在卧室，希望神能保佑他过上好的性生活，然后能生儿育女。在举行仪式的时候，工匠会焚烧香料，香料的香气被视为众神的气味，古埃及语称之为 senetjer，字面意思为"让成为神圣"。焚香的香味飘荡在空气之中，工匠吸入香气后，更接近他们所召唤的神明了，这就允许他们与不可见的力量互动并亲密地交流了。

在这个狭窄的泥砖和石头建成的空间里，工匠的生活在上演着：

出生，与亲朋好友共度美好的夜晚，吵架，做梦——那些尚未实现的和已经忘却了的梦想，做噩梦，衰老和死亡。诸神及其神话，自始至终主宰了工匠的一生。当有需要的时候，工匠就向他们祈祷，看到诸神战胜了眼前的且将来还要继续面临的困难，他们从中获得慰藉和激励。每天都能在家中的每个房间里见到的诸神会让他安心，他召唤诸神的仁慈的力量，以期影响这个极度冷漠、有时候充满敌意的世界的不可预知的节奏。诸神对他的眷顾确实帮助他战胜了冷漠，使他战胜了这种恶意。他不是"相信"这个，这就是他眼中的事实。毕竟，用诸神介入人类事务这一理由，可以解释日常生活中的诸多谜团：每个人是怎么形成的？我们睡着后去了哪里？为什么我们会生病？谁决定我们什么时候死去？为什么有些人长寿而另一些人英年早逝？那些曾经的解释，如今成了神话。

大众的家庭守护神

贝斯

贝斯神在埃及艺术中的表现形式不同寻常，因为艺人把他画成正面面向观看者的样子。他有着狮子的特征，长着鬃毛和尾巴，双手置于髋部站在那里。他的腿有如侏儒，头上戴着一顶高高的羽毛王冠。他的名字"Bes"可能源于 besa（"保护"），因为他的神圣职司就是吓跑恶魔。他专门保护孩童、孕妇和产妇，也能抵御蛇。为了祈求贝斯的帮助，埃及人把他的肖像刻画在家用物品上，特别是卧室的家具上。

贝斯神。

（接上页）

拉涅努坦特

拉涅努坦特往往被描绘成一条直立的眼镜蛇，头顶日轮和角；或被描绘成蛇头女子。她可以培育耕地肥力，增加产出；也可以哺育幼儿，使其苗壮成长。由于这些原因，她被奉为母亲、丰饶和丰收女神，被视为神圣的保姆。她还可以保护国王，她的一瞥就可以消灭他的敌人。在后来的埃及历史上，她与人的命运相关。

曼芙丹特

曼芙丹特是一个性情狂暴的保护者，她被描绘成一只非洲猫鼬。她用爪子和牙齿攻击并杀死她的敌人，尤其是太阳神的敌人。埃及人在日常生活中利用了她的这种好斗的品性。他们把她刻画在巫术物品上，并在咒语——尤其是在抵御鬼魂的咒语中——呼唤她的名字。虽然曼芙丹特会为活人提供帮助，但是她并不受死者欢迎：在奥西里斯的审判大厅里，她有时是以被诅咒者的惩罚者的面貌出现的。

塔薇瑞特

塔薇瑞特是另外一个重要的家庭守护神。在中王国末期之前，她常被称为伊潘特。她是一只可怕的河马，长着下垂的乳房、圆圆的肚子，以及狮子的胳膊和短而粗的腿。然而，其尾巴和背部却是鳄鱼的尾巴和背部。她的头上戴着有两束羽毛的摩狄乌斯冠（modius，一个平顶的圆柱形王冠）和一个日轮。她经常持有保护性符号"沙"（sa）和生命符号"安赫"（ankh），有时甚至拿着一把刀。在日常生活中，埃及人会佩戴塔薇瑞特的护身符，来抵御邪恶的力量；有人分娩的时候，人们也经常在家里刻画塔薇瑞特的形象。埃及人还把塔薇瑞特画在床上、刻在头靠之上，以保护正在睡觉的人。

塔薇瑞特女神（左）和曼瑞特珊格尔女神（右）。

◀ 分娩与命运 ▶

正如我们的工匠早就知道的那样，从受孕的那一刻起，神在人的生命中就扮演起了重要的角色。一些埃及人相信是普塔赫制造了凡人与诸神，他用宝石和金属制造了神明，用泥或粘土制造了人类。另外一些埃及人则认为是公羊头神克努姆塑造了诸神、人类和动物，他把一团泥放在他的陶轮上旋转，由此造出了每个人及其"卡"（他的"同貌人"或生命力）。

分娩时，埃及人使用巫术保护孩子，尤其要抵御那些被认为极其危险的女鬼。贝斯和塔薇瑞特提供帮助以击退这些鬼魂，另外也有一些主要与分娩过程有关的神祇，如海凯特、曼斯海奈特和夏伊（见第133—134页的专栏）。当母亲的分娩来临的时候，人们不允许在家里打结，不论是绑父亲的短裙还是母亲的头发，因为结被认为对分娩有着魔法般的阻碍作用。柏林纸草第 3027 号写有"保护母亲与孩子的巫咒"，这是一种由读经祭司（见第 136 页）诵读的咒语。其中一则咒语用于驱逐可能会伤害婴儿的恶魔，其他涉及的则是防止疾病和保护母亲的乳汁。有些咒语要在黎明和日落时分诵读，然后在第二天的日出和日落时分再诵读。埃及人用大蒜和蜂蜜来驱逐伤害新生婴儿的恶魔，因为他们认为这些东西对死者而言是苦的。而婴儿使用的日常物品，比如杯子，也要雕刻上紧握匕首的塔薇瑞特、手持蛇的贝斯的肖像：这些可怕的场景可以抵挡邪恶。

托特决定一个人的寿命长短，而在人出生时，哈托尔七女神就已决定并宣布了人的最终命运。在新王国时代的《遭受厄运的王子的故事》中，这些女神宣布王子会被鳄鱼、蛇或狗咬死。而在《两兄弟的故事》（也是出自新王国时代）中，他们警告说，巴塔的妻子会被"一把〔刽子手的〕刀刃"[10]杀死。在 1 世纪的《命运既定的神童的故事》中，一个父亲被告知，他的儿子会"在与女人睡觉的年纪"[11]死掉。然而，诸神有力量改变一个人的命运：阿蒙能"延长寿命，也能缩短寿命，为了他所喜爱的人，他可以延长人的既定寿命"[12]。也有人认为，曼斯海奈特决定人的地位，拉涅努坦特决定人的物质财富。

掌管分娩和命运的诸神

海凯特

海凯特女神形为一只青蛙或长着蛙头，她被认作克努姆的女性形式，有时也被称为他的妻子，但她也被认为是大荷鲁斯或海赫神的妻子。因为她与分娩有关系，所以，中王国时代的辟邪魔杖（也叫护佑分娩的长牙［birth tusks］）上雕刻有她的肖像，新王国时代的人们戴着海凯特形状的护身符。

（接上页）

克努姆

在陶轮上造人的克努姆神。

克努姆被描绘成长着公羊头，有时候头戴插有羽毛的阿太夫冠冕和三绺假发。在埃及传统南部边界处的埃勒凡泰尼，克努姆与妻子萨坦特及女儿阿努凯特一起受到当地人民的崇拜。他在埃勒凡泰尼掌控着尼罗河的泛滥。洪水泛滥沉积下的淤泥形成了泥土，这导致人们产生这样一种信仰：克努姆用他的陶轮上的泥土塑造了包括人类在内的所有生物。据说他还创造了植物、花卉和水果，甚至是他确保采石场内满是宝石。

曼斯海奈特

在古埃及，妇女蹲在砖上生孩子。曼斯海奈特女神是分娩砖的化身，主管妇女的分娩。由于这个原因，她头上的不同寻常的符号也被解释成以程式化手法描绘的母牛子宫。然而，她有时也会被描绘成头上顶着分娩砖的样子，或被描绘成一块长有妇女头的砖。有时，曼斯海奈特被认为能决定孩子的命运。同样，她出席死者的心脏称重仪式（见第168页），站在靠近决定死者命运的秤跟前。因此，她不仅在出生时出现，而且在重生也现身。

夏伊

夏伊为命运或运气的化身，他很少被描绘，一般以长着弯曲胡须的人类形象出现，但有时候也被描绘成一条蛇的样子。他从第18王朝起才出现，在整个埃及受到崇拜。他是一位正面的神，是一位保护者，象征着诸神对人类生活产生的积极影响。夏伊产生自神的创造意志。他的对立面——代表"神的报复"的一种形式——被人格化成帕-杰巴（"报复者"）。

◀ 睡觉 ▶

当人处于像睡觉这样的无意识状态的时候，就被认为处于与死亡相似的状态之中。在睡觉的时候，你可能会从梦中"醒来"。梦是另外一种状态的真实，在梦中，你的知觉能力大大提升，可以看到遥远地方（甚至远到杜阿特）发生的事情。这种新状态被认为是一个隐喻，代表着尘世与杜阿特之间的一个地方，从这里可以看见往常不可见的那些存在，如诸神和死者，尽管不能与他们交流。因此，你没有"做"梦，而是你闭上眼睛并以一种睡梦状态"醒来"。

虽然人可能在梦中遇到神，但是，也有这样的担心：当睡着无意识的时候，恶魔或鬼魂不请自来进入卧室，甚至会对睡着的人进行性侵犯，还会在梦中吓唬睡着的人。由于这个原因，人们把贝斯、塔薇瑞特的肖像放在卧室周围，还把这两个神雕刻在头靠上。房子里易受攻击的各个地方也会被安排在诸神的保护之下，例如，人们会把门栓交由普塔赫来负责，会祈求通常放置于石棺四角的四位高贵的女神去保护床的四角。为了抵抗噩梦和恶魔，埃及人在卧室的每个角落放上一只纯泥土做的嘴里有火的直立眼镜蛇雕像。墙上挂着特别的石碑，用于抵抗蛇、蝎，以及治疗被蛇、蝎咬伤的人。甚至在西底比斯的马尔卡塔的阿蒙霍特普三世的卧室，也被贝斯的肖像保护着，而卧室的天花板上画有以张开翅膀的秃鹫样子出现的涅赫伯特女神。

塞特创造了产生噩梦的要素。为了吓跑这些夜间令人恐怖的东西，人们需要举行巫术仪式，来抵御可能"坐在"一个人身上的所有邪恶力量。（在全球都能发现这种夜晚恶魔坐在人身上的观念，这种观念描绘的是人在睡眠性麻痹和噩梦中，感到自己瘫痪或被压碎的经历。例如，在中国文化中，人们会认为鬼魂压在身体上；而在某些伊斯兰国家中，这被解释成是邪恶的精灵［*jinn*］造成的。在今天埃及的卢克索西岸，这种存在被称为"卡布斯"［*qabus*］。）在这些咒语中，诸如在

"驱逐夜间降临在人身上的恐怖东西之书"（现在莱顿纸草［一］第 348号反面第 2 栏）中出现的咒语，一个人把自己与各种神明联系起来，比如阿蒙，或者他会扮演荷鲁斯的角色。他也会请求诸如奥西里斯或西阿之类的神明提供帮助。恶魔被要求离开，这样，邪恶之眼就不会落在睡觉者身上了。

◀ 巫术与神话 ▶

因而，这样或那样的巫术，在埃及人的日常生活中发挥着重要作用。个人会使用贝斯或塔薇瑞特的护身符来抵御邪恶力量；绝大多数民众可能知道能够影响他们周围世界的简单咒语，以处理他们的日常事务。这些都是巫术最基本的形式。然而，对于较为复杂的问题，人们常会去请一位专业人士，即读经祭司（学习巫术文献的人），他被请来后，会举行强大的仪式。

因为读经祭司有着特殊的力量，所以，他们是在文学故事中经常出现的角色。他们能把割下的头颅重新安上去，把蜡做的动物变成真正的动物，分开海水，赋予泥人生命。而事实上，他们是有知识、有文化的人，他们与神庙有关系，能够接触到大量的咒语，而且他们的施法方式相当奇特：威胁诸神。如果读经祭司被招来举行仪式，他会宣布说他控制了诸神，诸神要做任何他想做的事，否则他要把宇宙带回到混沌状态。"天将不复存在，地将不复存在，"一则咒语写道，"凑齐一年的最后五天将不复存在，太阳将不再闪耀，洪水将不会如期升高。"[13] 同时，祭司完全将自己与众神同一，例如，他宣称说自己是荷鲁斯，或是托特。祭司将自己完全化入神的体内，这样他将会获得该神所拥有的对宇宙的影响力。

埃及咒语会援引许多神话事件。通过把目前的情况（通常为疾病）

与神话中的先例联系起来，咒语就获得了力量——这种观念是这样的：如果咒语在过去对神有用，那么，在现在同样是有用的。有很多则咒语是从（正在躲避塞特的）伊西丝与小荷鲁斯的神话（见第68—69页）中得到神话上的力量的。在这样一则旨在减轻身体疼痛的咒语中，患者被等同于荷鲁斯，之后咒语详述了巫术治疗的措施：

> 制作〔十〕九个这样的标志：它有着带两条倒钩的鱼叉的尖端。〔来点〕大麦粒，用新墨水来画，把它敷到你的患处。他将像你身后放出的屁那样离开你！这个咒语要被施于〔名字〕，它被用新墨水画在人的肚子——他的痛处上。[14]
>
> ——莱顿纸草（一）第348号

有些关于小荷鲁斯中毒，或被蜇伤，或需要抵御蛇蝎的神话，被记载在名为兹皮（*cippi*）的碑上。这些碑上满是巫术咒语，其上刻画

抓着各种危险动物的小荷鲁斯。

有抓着危险的动物、站在鳄鱼背上的小荷鲁斯。主持仪式的人把水浇在铭文上，水流过咒语，就吸收了咒语的力量。然后人把水喝掉，这样，法力就进入了体内。

◀ 恶魔和鬼魂 ▶

因为人们认为鬼魂和恶魔会带来疾病，所以也会使用巫术来抵抗它们，并佩戴塞赫曼特的护身符来对抗它们。大蒜、金子、唾液和啤酒，以及更为不寻常的乌龟胆囊，也被认为对恶魔和鬼魂有效。恶魔其实更像是重要神明的使节，他通常由其神圣的主人派出来执行特定的任务，例如惩罚礼仪上的违法行为。他们居住的地点都是那些可以连接杜阿特和尘世的中间地带，如水池（这里有名叫维瑞特［weret，意思为"伟大者"］的恶魔）、墓穴和洞穴。恶魔通常被描绘为持匕首的蛇、鳄鱼或人身公牛，有的恶魔会让人更加害怕，如夏凯克，"其眼睛在头侧边，舌头在肛门里，他吃自己屁股里的粮食，他的右爪朝外伸出，左爪绕过他的额头，他以粪便为食，墓地中的众神都害怕他"。[15]

"游荡的恶魔"（shemayu）和"路过的恶魔"（swau）可能会带来传染病，但是，众神可能也会派遣恶魔去缠住人身。在世俗语（Demotic）的《伊那罗斯的故事》中，奥西里斯派出恶魔"不和的爱好者"和复仇者荷鲁斯去"在伊那罗斯之子小皮马伊心上，种下反对伊那罗斯之子维尔铁蒙纽特的不和的种子"。[16] 当皮马伊在宴会上与他的四十个同伙坐在一起的时候，恶魔进入了皮马伊的体内，这使他忘记了宴会，突然想去战斗，误以为自己受到了阿图姆的激励。

鬼魂也是活人麻烦的制造者。《阿尼教谕》一文写道：

安抚鬼魂，做他喜欢之事，不做他厌恶之事，愿你不受他的恶行的伤害，他是所有危害的来源。一只家畜被带离出田野了吗？就是他做了这样的事情。地里的打谷场受损了吗？人们还会说："是那鬼魂。"家里发生骚乱了吗？人们的心彼此疏远了吗？所有这一切都拜他所赐。[17]

——《阿尼教谕》

与恶魔一样，兼具友善和邪恶两种品性的鬼魂，是古埃及神话信仰的一部分，而与死者进行互动是生活中理所当然的一部分。理想的情况是，在每个星期的末尾，家族中的一个成员要把食物和饮品，带到墓地中祖先的坟墓和墓穴去。在每年底比斯举办的美好河谷节期间，家人们会到墓地去，在坟墓的圣堂内与死者一起进餐，在坟墓中为祖先或名人留下祭品。尽管死者被埋葬在聚居地的边缘，但是他永远属于集体。

如果一个人希望与一位已故的人联系，他可以写一封"致死者的信"。这样的信通常用墨水写在祭碗的内部，被留在坟墓之中，当死者享用完祭品，他不能不注意到留给他的信息。使用这种狡猾的手段，活着的人可向死去的父母寻求帮助（他们会在信息中留下关于死者生前做过的一些好事的提醒，以唤起死者的愧疚感），或者因某些问题而责怪死者。而且，如果一个人怀疑最近的麻烦是死去的亲属在搞鬼，他甚至可能会威胁死者要将此事提交给杜阿特的奥西里斯法庭。在某些时候，人们可以通过新近死亡的人，联系到更早死去的人们。

在埃及人的世界观念中，最接近现代意义的"鬼魂"的存在就是阿赫（akh）。阿赫为"变形了的灵魂"或"受祝福的死者"，它已经通过了奥西里斯的审判。阿赫可不受限制地进入被造世界的所有区域，并且如果愿意的话，他们可以"经常出没于"大墓地。他们认为坟墓是他们的家，并且可以被召唤来对付敌人。他们也可能进入一个人的房子，如果他们被激怒的话，会让人做噩梦或给人制造麻烦。而那些未能到达奥西里斯审判大厅的人（死于暴力的、早夭的、被国家处决的或未采用恰当的丧葬仪式安葬的），都被归类为"姆特"（mut），即"（不正当）死者"。这些是邪恶死者中最低等的，有时候被称为"被诅咒者"。如阿胡一样，他们也能给活人带来麻烦，并被认为会把孩子从他们父母那里带走。埃及人也担心"敌人"和"魔鬼"，这是他们给来自杜阿特的神圣入侵者集团起的名字，这些入侵者会进入凡尘恐吓人类，制造麻烦。这些入侵者可能会占据一个人的身体，使其生病，使其流血，或利用他们的力量来制造问题。一个名叫涅斯的入侵者会专门引起人发烧。然而，并不是所有埃及人都接受这种可以与死者联系的观念，正如著名的《竖琴师之歌》所言："没有人从〔死亡〕那里回来，讲述他们的情况，讲述他们的需要，以安抚我们的心灵，除非我们走到他们去的地方！"[18]

　　一些关于鬼魂活动的故事被保存了下来，尽管很多都是零碎的。举个例子，在《帕坦塞的故事》（来源于世俗语纸草残篇，可能编于公元 1 世纪）中，阿蒙祭司帕坦塞在寻找一位智者治疗他的疾病的时候（可能是这样，但并不确定），在赫利奥波利斯的一座坟墓（或其院子）中遇到了一个鬼魂。他们两人一起携手走着，鬼魂会在他们谈话的时候发笑。但是，不论他们谈论得多么融洽，当帕坦塞问鬼魂他还能活多久的时候，他只是被告知他将在尘世活完他的年龄。帕坦塞愤怒了，对鬼魂施了一个咒语，再次要求知道他剩下的生命的时间，但是鬼魂只是说告诉他是不可能的。帕坦塞改变了策略，决定将鬼魂作为他与奥西里斯之间的中介，希望这位统治受祝福的死者的国王能够提供一些答案。在奥西里斯面前，帕坦塞坚持要得到他的答案，并拒绝离开，他这样做激怒了奥西里斯。而鬼魂最终却心软了，告诉他只剩四十天的寿命，这显然是神对他偷窃了伊西丝金银的惩罚。帕坦塞心乱如麻，回到家把这个坏消息告诉了妻子（然后和她一起睡觉），在接下来的他那日益短暂的生命中的五天里，为了支付他的埋葬开销，他与其他祭

司争五百块银子 —— 可能是因为他们也在他那不幸的遭遇中扮演了某种角色而要求补偿。就如以前一样，他最终达到了目的。然后，他创造了一群有魔力的存在，让他们在他剩下的日子中帮助他写下三十五个好故事和三十五个坏故事 —— 每天各写一个。帕坦塞写作这些故事并不是为了临死前的娱乐，而是要将其作为留给后代的礼物。在过完剩下的三十五天后，帕坦塞死了。他被埋葬后，他的遗孀向拉神献祭。然后，太阳神以帕坦塞的声音对她说话，以便他的话能够直接进入她的心中。尽管故事的其余部分残缺不全，但是，结局可能是拉神复活了帕坦塞，后者最终得以与妻子重聚。

在世俗语的《塞特那 – 卡姆瓦塞特与木乃伊的故事》（托勒密时代早期写在开罗纸草第 30646 号上的抄本）中，王子塞特那在寻找托特的巫术秘密卷轴的时候，在孟菲斯墓地遇到了三个鬼魂：王子那奈菲尔卡普塔赫及其妻阿胡拉、其子曼里伯。在那奈菲尔卡普塔赫活着的时候，他在科普托斯的一个湖的底部发现了装有秘密卷轴的箱子，托特本来希望保守他的秘密卷轴的秘密，因此，那奈菲尔卡普塔赫的所作所为引起了托特的愤怒。为了惩罚这个强盗，托特派出一个肆意滥杀的恶魔，把他及其妻子和孩子淹死在尼罗河中。之后，尽管那奈菲尔卡普塔赫被带到孟菲斯安葬，但是他的妻儿却葬在科普托斯的一座坟墓中，他们一家人的遗体永远分离不能在一起。

塞特那不理会鬼魂的悲惨故事，也不顾可能会激起托特的怒气，他让那奈菲尔卡普塔赫交出卷轴。但是，那奈菲尔卡普塔赫拒绝了，转而要求塞特那与他下棋来定输赢。正如预期的那样，塞特那输掉了每盘棋；每输一盘棋，那奈菲尔卡普塔赫都会拿起棋盘把塞特那往地里打，最后塞特那只有头顶露在外边。塞特那的处境越来越不妙，他召唤他的养兄弟来帮忙。他的养兄弟带来了巫术护身符，让他从地里飞出来，从那奈菲尔卡普塔赫手中偷走了卷轴。那奈菲尔卡普塔赫进行报复，不论塞特那走到哪里，他都让不幸紧随塞特那，这样，最终

自己动手的埃及巫术：一则用啤酒驱逐鬼魂的咒语

啤酒，不论是"甜的""不新鲜的"，还是"专门用于献祭的"，除了作为埃及人的日常食品之外，还常与其他东西（通常是牛奶、油或酒）混合起来，作为巫术处方中的一部分使用。不论与什么东西混合在一起，在饮用之前，混合物通常会放置一个晚上。因此，为从人的肚子里"驱逐痛苦"，人们会咀嚼蓖麻的种子或果实，与啤酒一起吞下去。巫术纸草也可浸泡在啤酒中，待其分解后，然后用水送服，让咒语进入人体。喝啤酒并不总是必须的，在房屋或坟墓周围撒上研磨碎了的大蒜和啤酒的混合物也可以抵御夜间的鬼魂、蛇和蝎子。驱魔饮品还能用来驱逐魔鬼附身。所以，如果你想在晚上多喝一杯，有一个很好的借口，你就说被恶魔附体了，然后去买来饮品，教你的朋友念下面的咒语：

> 这种凯姆尼斯〔的〕荷鲁斯的浓啤酒，是在帕〔镇〕捣碎的，是在丹普〔镇〕混合的，趁着泡沫喝了它！塞姆祭司站立着履行职责。你是吐出詹奈斯特植物、鸦片酒和荷花的诱捕者的创造物。请喝啤酒吧！为了驱逐这个人肚子中的男性或女性死者的影响，我带了它……[19]

——赫斯特纸草第 14 栏第 10—13 行（第 216 个药方）

知错的王子把卷轴归还到坟墓中。塞特那前往科普托斯去寻找阿胡拉、曼里伯的尸体，以便赎罪。他在警长房子靠南的角落下方找到了他们的木乃伊，并把木乃伊带回了孟菲斯，与那奈菲尔卡普塔赫葬在了一起，让他们一家人团聚了。

第三编

死亡神话

死后的状况

杜阿特的磨难（一份指南）

　　埃及人对个人的存在有着复杂的看法，一个人不仅仅是一具躯体中的一个单一的灵魂，而是由多个元素构成，每个元素都有自己独特的存在理由：卡代表了人的生命力和活力；巴是人的个性和行为；影子伴随着活人的身体，在人死后可以独立存在；心脏是人的思想和意识的所居之处；名字是确立人身份的基础；肉体是人的形象和容器。这些躯体、精神元素构成了一个整体，而且至少在人活着的时候，它们不能独自行动。

◀ 死亡 ▶

　　你睡着了，你会醒来；你死了，你会活过来。[1]

　　　　　　　　　　　　——《金字塔文》咒语 1975B

　　在死亡时，当身体失去"生命的气息"时，人的组成部分开始分离出来。作为一个整体的人解体了，但是各个部分的命运仍然纠缠在一起；失去任何一个组成因素，都意味着整体的第二次死亡，因此所有的部分都必须得到照顾和保护。卡始终待在坟墓中，需要食物维持生存；而巴飞往杜阿特这一来世区域，它存在于肉身死亡和审判之间的过渡阶段，由杜阿特的入口一路前往奥西里斯审判大厅。作为死者个性组成部分的身体，必须得到保存，以使人能保持完整。出于这个原因，埃及人发展出了制作木乃伊的技术，重现了阿努比斯为死去的奥西里斯做防腐处理的过程。除了将肉身做成木乃伊，人们还采用巫术抵御腐化。肉体腐化的破坏性力量被人格化为"凶手……他杀死了身体，他使下葬了的尸体腐烂，他摧毁了许多尸骸，他靠杀死活人为生"。[2] 顺便提一下，现在已知的描绘死亡之人格化的文献只有一处：在海努塔维纸草（大英博物馆第 10018 号）上，"创造了众神、凡人的大神 —— 死亡"[3] 被描绘成一条四足、带翅的蛇，长着人的头，其尾巴末梢为豺狼头。

通过保护身体，埃及人确保了他们的精神元素能有一个可以返回的地方，能有一个养精蓄锐和重新焕发活力的地方。刻有死者名字的雕像也有类似的用途，当身体变得无法辨认或被毁坏的时候，雕像可以充当身体的替补。心脏留在体内 —— 这是唯一留在体内原处的内脏器官，因为最终审判时心脏不能缺席：没有心脏，死者就会失去加入受祝福的死者的行列中的机会。

一旦身体保存下来，就要使身体变得适宜巴再次居住。这需要一个称为"开口"的仪式，使死者能够恢复其功能，让他可以吃喝（尽管已经死了）；这些仪式重新将人的各个分离的部分连接起来，并"复活"身体，确保他继续存在。他现在可以从活人那里获得祭品：从与祖先共度节日时光的亲戚那里得到祭品，或者从碰巧游荡到坟墓祭堂并被诱入其中的任何人那里得到祭品。如果不能提供实物祭品，列举食品和饮料的坟墓铭文可以充当替代品。它们只要被刻在坟墓的墙上，

左边是象征死亡的长有四条腿和翅膀的蛇。

为图坦哈蒙木乃伊（左）举行的"开口"仪式。

就可以魔法般地变成一场死后的盛宴。

现在死者不仅能吃喝，还可以说话；这对他的巴来说特别有用。死后，巴进入了杜阿特，踏上一段前往审判之地的探索之旅。此时，他必须背诵巫咒，叫出杜阿特中的危险居民的名字，这样才能控制他们。活人重复死者的名字，也能增加死者存活的机会；这就是坟墓铭文中一再出现死者的名字的原因。写着名字的地方可能会随着脱落的灰泥而掉在地上，但是如果写有死者名字的地方有几百处呢？名字的安全凭其数量得到保证。

巴通常被描绘成一只长有人头的鸟。

◄ 进入杜阿特 ►

我抵达了地平线居民的岛屿，我从圣门走了出去。它是什么？它是灯芯草之地，它为神殿周围的诸神提供了食物。至于那个圣门，它是舒所支撑的门。或者说：它是杜阿特之门。或者说：当我父亲阿图姆前往天空的东地平线的时候，它就是他经过的那个门。[4]

——《亡灵书》咒语 17

你闭上了你的眼睛。你结束了最后一次呼吸。世界陷入了黑暗。你的心脏停止了跳动。你睁开了眼睛。你不再躺在被哭泣的亲人包围的床上，而是站在广袤的沙漠中，眼前是一座高大的大门。现在，你在杜阿特中。"杜阿特"一词经常被翻译成"阴间"或"地狱"，但实际上它指的是被造世界的一部分，就像你活着的时候可能造访的任何地方一样，它只是位于活人不可及的地方而已。从为你提供指导的《亡灵书》（在举行葬礼期间与你一起埋葬在坟墓中，现在你已经神奇般地可以碰触到它了）中，你知道这是冒险的开始，这场冒险充满了各种挑战，很可能以你自己的第二次死亡——你的消逝——而告终。对埃及人来说，肉体死亡不是真正的死亡，只是生存境况有所改变而已。真正的死亡发生在杜阿特中。在杜阿特中，那些活着时过着罪恶生活的人，会真正死在恶魔手中，或被奥西里斯下令杀死。

杜阿特中全副武装的危险居民。

死者的诸神

阿努比斯

在众神中，阿努比斯的主要责任是保护墓地，并监督死者的防腐工作，这是他最早为奥西里斯进行防腐处理时所扮演的角色。他还负责把死者带到奥西里斯面前去接受审判。他的女性伴侣一直是因普特，但是，不同的材料对阿努比斯的双亲有着不同的说法：他被说成是奥西里斯和涅斐提斯的儿子，或被说成是巴斯坦特甚至是塞特的儿子。一些材料说凯贝胡特是阿努比斯的一个女儿，后者与"国王的姊妹"生下了这个女儿。凯贝胡特（意思为"凉水的她"）是一条天蛇，她协助复活死者，从四个南姆塞特罐子（*nemset-jar*，[在祭奠场合和开口仪式上] 用于奠酒或净化的瓶状容器——编注）中倒水净化心脏。

泰特

泰特是纺织女神，她提供绷带来包裹木乃伊，也编织净化时使用的帐篷的帘子。在《金字塔文》中，她给国王穿上衣服，守护着他的头，把他的骨头聚集在一起。死者往往希望穿泰特编织的衣服——也许是一块缠腰布。

荷鲁斯的四个儿子

尽管杜阿姆坦夫、凯贝赫塞努埃夫、伊姆塞提和哈皮这四位神明被称为荷鲁斯的儿子们，但是，他们也被视为荷鲁斯神的巴乌。他们保护死者的内脏器官，每个器官都单独放置在不同的丧葬罐里，并存放在木乃伊旁边的丧葬箱中。

荷鲁斯的四个儿子保护着存放在丧葬罐中的死者内脏。

哪怕先不考虑这种因怕碰见大神而产生的忧虑，这条路也不是那么好走。首先，在你接近（还不是进入）奥西里斯的审判大厅之前，必须应对杜阿特的许多挑战。杜阿特本身并不是一个令人留恋的地方。这是一个悲惨的地方，《亡灵书》说它是：一块没有水和空气的沙漠，深沉而黑暗，神秘莫测，这是一个没有人做爱的地方。穿越杜阿特可能不是特别令人愉快的，它肯定会是一次残酷而令人痛心的经历，但是，停止不走也不是一个好的选择。只有经历了这些磨难，你才能抵达审判大厅，在那里接受诸神的评审；这样，你才能被承认是光荣的、变形了的死者，你将以神灵的面目出现，并被允许在整个被造世界中自由行动。然后，你如何度过这永恒的时间，将完全由你决定。

这样，你抵达并站立在了地平线居民之岛上的圣门之下，即将开启你那漫长而危险的旅程。你朝东看看，确定你自己的方位，你注意到天空坐落在一座山的山顶上。你手边的《亡灵书》（来世旅行指南！）告诉你，这是巴胡山。根据经文，这座山有 300 杆尺长，150 杆尺宽，巴胡之主索贝克住在山的东侧，居住在一座由红玉髓造成的神庙里。在山顶上，住着一条名叫"正在燃烧者"的蛇，它长 30 腕尺，其身体的前 8 腕尺是用燧石制成的，它的牙齿闪闪发光。事实上，这条蛇的目光具有非常强大的力量，它可以阻挡太阳神的神圣船只，甚至吞下 7 腕尺深的神圣水域。幸运的是，这本书会让你安心，因为它告诉你，此时塞特会向蛇投掷铁枪，使他吐出他吞下的所有东西。然后塞特把蛇放在他自己面前说："向我手中锋利的匕首展开报复吧！我站在你面前，正确地导航，远远地看着。"[5]

根据此书的描绘，你望向了山顶，决定最好与它保持距离。但是，现在你要去哪里呢？《亡灵书》提供了一些答案，它提及了一些主要的居民和地理的一些特征。但书中从未有一幅真正的地图，而只是提供了不同地点之间的位置关系，或者在它们之间旅行需要花费的时间。

画在棺木内的《两道书》。

杜阿特的地图:《两道书》

尽管在《亡灵书》中没有杜阿特的地图,但是此种地图在中王国时代就出现了。它们被画在棺木的内部,是一部名为《两道书》的书的一部分。

在它的描绘中,太阳神在蓝色的水道上从东向西航行,然后沿着黑暗的道路从西到东穿过外层的天空。两条路的中间都有一座通红的"刀锋持有者的火湖",把道路分隔开来。该地图标示了一些地点,如在马阿特之地的托特的宅邸、奥西里斯的宅邸、燧石或火焰建成的建筑物和高墙、水道以及神殿。有些地方要去拜访,而其他地方则应避免接近。

整个土地上都居住着持刀的恶魔,它们试图阻止死者前进。这些恶魔有着令人恐惧的名字,如"狗脸,身躯庞大……","温度极高者","驱赶侵略者……的长脸","吞噬者,警觉者"。在《两道书》中,死者使用法力通过这些恶魔居住的地方,抵达罗斯陶——这是"天空尽头"的地方,也是"墓地",在那里,奥西里斯的尸体"被锁在黑暗中,被火包围着"。在这里,他遇见了一座由三道火焰墙隔开的大厅,通过大厅后就到了一些彼此交叉的混乱的道路上。死者随后与托特一起旅行,并变成了拉,坐着拉的船航行。经过(通常是)七道门之后,他到达奥西里斯所在之处,为奥西里斯献上"荷鲁斯之眼"。死者现在又变成托特,然后永久地待在这里观看拉发表关于他那伟大事迹的演讲。

◀ 杜阿特中的巫术 ▶

就如活着的时候那样，在杜阿特中，你也需要巫术的帮助；《亡灵书》的咒语会让你能够吸收神的特性，使你拥有神圣的权力，从而有能力击退敌人，摆脱束缚，抵制腐烂，甚至能免于斩首的厄运。为了确保你有充分的法力，你一来，死者的船夫就被派出去溯流航向火岛，去所有能找到法术的地方收集法术，收集到的法术全部供你使用。

怎么找到前行之路

显然，知晓恶魔的名字、恶魔的特征以及杜阿特中的各个场所，对于前进而言已经足够了，因为众神和精灵本身就在为你开路，以便你能通过危险的地方。知道了这些，不出意外你肯定可以到达奥西里斯所在的地方。

知道危险的陷阱的名字也很有帮助。《亡灵书》的咒语153A、153B 配有一张插图，在其中，渔夫们张开一张舒展于天地之间的巨大的网，这些渔夫正是"地神，吞噬者的祖先"。他们在试图阻止那些不适合进入来世的人的时候，希望把你捕进这张网中。通过背诵咒语，你宣布你不会像行动迟缓者或游荡者那样被抓住：因为你知道网的组成部分，也知道网的名字叫"无所不包"[6]，你掌控了这张网。

吃什么和喝什么

某些咒语也能确保你在杜阿特中的时候，不用吃粪便、喝尿或头朝下走路。它们可以提供面包和其他可供众神食用的食物。纯净之地的白色二粒小麦面包、盖伯的面包，以及哈皮的红大麦啤酒，是杜阿特中的首选菜肴，可以在哈托尔的树的树枝下食用。在太阳神的日行船与夜行船上也分发面包和啤酒，而且即使无法得到以上这些食物，七头母牛和她们的公牛也会每天提供面包和啤酒的。

在杜阿特要避开的两张网：一张在水池中（左），另外一张撑在两个桩子之间（右）。

杜阿特中的膳食自助 [7]

在咒语 189 中，死者反复陈述自己将在杜阿特中吃什么（主要是荷鲁斯家中的四块面包和杜阿特里托特家中的三块面包，绝不是粪便或尿液），并且特别申明了他在哪里（"哈托尔的无花果树下"或"杰巴特涅弗瑞特树［*djebat-nefret* tree］下"）吃。在这之后，死者终于被一个名字含糊的"不会数数者"问道："你每天以别人的东西为生吗？"他对此回答说，除了上面提及的神圣供品外，他有在芦苇地耕田。这迅速驳斥了这个恶魔几乎不加掩饰的暗示：他是一个在来世吃白食的人。死者所说的这些田地，受到下埃及国王的双胞胎孩子的监护，由"天上的众神和地上的众神中最为伟大者"来耕种。

◀ 景观 ▶

浏览《亡灵书》的内容，你会注意到杜阿特中的主要地貌都是一些大门、土丘和洞穴，所以你开始着手试图记住它们的外观和占有者。刚刚离世的人对杜阿特的地理状况感到非常困惑。看着这本书中的第一个咒语，你可能会担心罗斯陶的蛇，它们靠人的肉体生活并吞下他们的血液。幸运的是，咒语可以帮助你抵挡这种蛇。关于罗斯陶本身，你很快知道它的南大门在那瑞夫，它的北大门在奥西里斯丘。咒语17补充说，在那瑞夫和随从之家之间有一个火湖。火湖燃烧有罪的人并净化正义的人，自古王国以来，它就是埃及来世地貌的一个特征。然而，它的位置随着时间的推移而有所变化。在新王国时代，火湖通常被描绘成一个方形或长方形的水池，每边都有一个狒狒，每个狒狒身边都伴有表示"火"的象形文字符号。在《两道书》中，它可以通过两个门进入：黑暗之门和火门。

狒狒包围着的火湖。

杜阿特中的门

也许杜阿特地形的最重要的特征就是它的大门，因为你必须通过它们才能到达奥西里斯所在之处。像一个城市分为多个城区一样，杜阿特的地形也由多个区域组成，每个区域只能通过一个大门进入——或者它也可以被比作宫殿或神庙，当你走进里面，沿着它的轴线走得越远，受到的限制也会越多。

杜阿特里的门有时被描绘得相当精美，上面装饰有安赫（生命）和杰德（djed）符号，有罕罕尔（khekher）装饰带（用于装饰墙的上部的竖排捆绑的芦苇）和凹弧形屋檐（墙顶的向外弯曲的建筑部件）。在不同的咒语中，这些门的数量也有所不同。根据咒语144、147，在抵达奥西里斯之前有七道门，每道门都有一个守门者、一个门卫和一个信使。所有这些可怕的恶魔都带着刀子，或者拿着稍微不那么可怕的谷穗。有些恶魔有着木乃伊的样子，长着动物的头，有些则纯粹是动物。抵达杜阿特的第一道门前，你会遇到一位名叫"脸反转者，多变者"的守门者。在他旁边，你看到了门卫，名叫"偷听者"，而信使有着一个与其职务相衬的名字——"大声说话者"。在《亡灵书》中

守卫杜阿特大门的长着动物头的门卫。

查看每个恶魔的名字并大声说出来之后，守门者会宣布你有资格通过，允许你进入杜阿特的下一个区域，迎接下一个困难。如果在你喊出名字后，有任何一个守门者不为所动，你可以求助于咒语 144 中的冗长说辞，以说服他们你有足够的价值。这段说辞敦促你指出以下事实：你出生在罗斯陶；你领导着追随奥西里斯的地平线上的众神；你是灵魂之主，并且你带着荷鲁斯之眼等等。之后，如果这仍然行不通，你可以按照咒语的建议告诉守门者，你的名字比他的名字更强大，你是"将真理送至拉的面前并摧毁阿波斐斯威力"的人。"我是一个打开了苍穹的人，"你应该说，"一个驱散了暴风雨，让拉的船员安全活着，并且把祭品送往它们应去之地的人。"[8]

另一方面，如果你按照咒语 146 前进，那么会有更多的门需要通过："芦苇地里的奥西里斯之家"中有二十一道门，每道门都配有两个恶魔，一个女门卫和一个男守门人。你遇到的第一个是"让人发抖的女主人，高耸的城垛，女酋长，毁灭女神，预知未来者，驱散风暴者，被抢劫的远来客的拯救者"[9]——当面对一个可怕的（并且是武装的）恶魔般的生物的时候，这可是相当冗长拗口的话语了！另一方面，守门人则有一个简单的名字——"可怕的家伙"，在紧张的情况下，这个名字是稍微容易说出来的。在后面的大门中，守卫第八道门的女神名叫"熊熊火焰，毁灭之热，锋利之刃，疾速之手，不警告而杀人者，

为什么门的数量是不同的？

在《亡灵书》中，我们看到门的数目是不同的——要么是七，要么是二十一。更加令人混乱的是，《大门书》（新王国时代王陵的墙壁上刻写的一份来世文献）中有十二道门，对应着夜晚的十二个小时，每道门都由一个恶魔守卫。这些不一致是古埃及人不愿意放弃旧观念的产物：当你可以选择使用任何一个咒语的时候，为什么要去掉一个可能是正确的咒语呢？

因害怕她带来的痛苦而无人敢于经过　"。她的守门者叫"保护己身者",考虑到守卫这道门的女神的暴力性质,这并不奇怪。

土丘 11

当你在杜阿特中游荡的时候,可能会引起你注意的景观之一就是其众多的土丘。在咒语 149 中提到的十四个土丘中,十一是绿色的,三个是黄色的。第一个土丘是绿色的。在那里,人们以塞恩面包(shen-loaves)和啤酒为食。拉 - 哈拉凯提神生活在第二个(也是绿色的)土丘上面。第三个土丘(还是绿色)更险恶一些:这是一个住有众多灵魂的土丘,没有人能够走过去,"它内藏灵魂,它的火焰可以迅速烧毁他物"。第四个土丘(你猜对了)是绿色的,有很高的双子峰;它长三百杆尺,宽一百五十杆尺。一条被称为"刀剑投手"的七十腕尺长的蛇住在那里,它斩杀灵魂并食其头部。第五个土丘(绿色)是一个灵魂之丘,人们无法通过,"里边的灵魂从臀部起高七腕尺,而且他们靠吞食行动迟缓者的影子为生"。第六个土丘(绿色),"是一个献给诸神的洞穴,是灵魂无从知晓的,是死者不可进入的",这里似乎住着一种类似鳗鱼的生物。住在这里的神是"阿朱鱼(adju-fish)的打倒者"。如果你爬上这个土丘,你必须拜访里边的众神,为他们准备扁平的蛋糕,并用你的法术阻止"阿朱鱼的打倒者"控制你。

第七个土丘(绿色)是拉瑞克蛇之山。这条蛇长七腕尺,靠吃灵魂而活。它的力量十分强大,你应当对他的毒液和咬伤怀畏惧之心。《亡灵书》提供了一个很有用的建议:你可以去召唤好斗的神曼芙丹特(见第 131 页)来切断它的头。一个叫作"高高在上的哈霍特普"的神居住在第八个土丘(绿色)中,他保护着土丘,不让任何人靠近。第九个土丘是黄色的(!),名叫"伊克西镇和能捕获东西的眼睛"。据说,这个城镇"是众神所不知道的,灵魂们害怕听到这个名字,没有人能进出这个城镇——除了那个在自己蛋中的威严的神(创世神,可能是拉－阿图姆），那位令众神敬畏、令众灵魂恐惧的，威严的神。它的入口处是火焰，它的呼吸会毁掉鼻子和嘴巴"。第十个土丘叫作"高原"，也是黄色的。尽管它的名字平淡无奇，但这是一个令人恐惧的地方，你必须命令那里的居民俯卧在地，直到你经过这个地方，这样他们才不会拿走你的灵魂或影子。第十一个土丘是绿色的，它极为神秘，甚至神秘到灵魂因害怕泄露他们所看到的东西而不会出进。第十二个土丘（绿色）被称为"维奈特丘，它在罗斯陶的前面"。神和灵魂不能靠近这个土丘，四条眼镜蛇居住在那里，每条都被称为"毁灭"。第十三个土丘是绿色的，叫作"张开其嘴者，一盆水"。没有人能控制这个土丘。它的水是火，没有人可以从中喝水，它的水里长满了纸草。第十四个即最后一个土丘，被称为"凯拉哈之丘"，它是黄色的。它让尼罗河改道，并使后者装满了大麦。属于它的蛇则位于尼罗河源头处的埃勒凡泰尼的洞穴中。

洞穴

穿越杜阿特的时候，你还会遇到十二个洞穴，每个洞穴里都住着多个神明。出乎意料的是，这些神明能给你施以援手。第八洞的众神样子诡秘，需要呼吸空气。在这些神明中，有奥西里斯的追随者，他们会让你在你的木乃伊中得到安息，还有"站起来者"，他允许你在拉升起的时候崇拜他，以及"隐藏者，他会让你成为盖伯的大厅中的强壮者"。此外，还有许多其他神明，例如舍瑞姆，他在杜阿特中阻止邪恶靠近你。第十个洞穴的神据说哭泣的声音很大，他们掌握着神圣的奥秘。在这里，那些属于阳光者会给你光明。在其他的洞穴中，伊凯赫神准许你待在拉神的面前，并且准许你永远与他在天上遨游；伊肯赶走一切邪恶；"毁灭者"扫清你的视野，这样，你可以看到日光神；"红头的她"确保你拥有控制水域的权力。

杜阿特中的洞穴及其居住者。

◄ 交通 ►

《亡灵书》几乎没有提到你如何穿越杜阿特，似乎你应该徒步或在河上乘船完成你的旅程。然而，如果你走得累了或晕船，你可以神奇地变成各种样子：咒语 13 可以让你成为一只鹰隼或不死鸟；咒语 77 会将你变成一只长四腕尺、双翼为绿石的金鹰隼；咒语 79 可以让你成为法庭的一名长老；咒语 81A、81B 可以让你变成一朵荷花；咒语 83 将你变成一只不死鸟；咒语 84 把你变成一只鹭；咒语 85 把你变成一个不会走进冥界刑场的活的灵魂；咒语 86 把你变成一只燕子；咒语 87 把你变成一条蛇；咒语 88 把你变成一只鳄鱼。你甚至可以变成诸如阿图姆或普塔赫之类的神的样子。最后，为了覆盖所有的情况，咒语 76 可以让你变成任何你想要变成的样子。

然而，在你的旅程中的一些地方，天上的摆渡人会使你的旅行计划变得复杂。[12] 在与他（其名字是马哈夫）会面时，《亡灵书》说你必须要求他去唤醒负责渡船的阿肯。但在马哈夫离开去唤醒阿肯之前，他开始为这艘船不适合航行找借口。当你让马哈夫"从脚之湖带来克努姆的组合船"的时候，他会告诉你船还是一片一片的，放在船坞里。当马哈夫指出，"她没有木板，她没有尾端件，她没有护舷材，她没有

巴比神

巴比神被称为"长着红耳朵和紫肛门"[13] 的神，他是一只好斗的狒狒，以人类的内脏为食，甚至从不确名的"轿子女神"处偷走了祭品。他有时与塞特扮演同样的角色（在称量死者心脏的场合，巴比在旁——编注），并可以利用自己的力量来抵挡蛇和其他危险的生物。他的阴茎是天空的门闩，可打开和关闭天空，同时也是杜阿特里渡船的桅杆。虽然巴比没有得到正式的崇拜，但是，他与阴茎的关联以及他那神圣的男性生殖力，使他在咒语中被祈求保护阴茎并治疗阴茎疾患。在第3章中，我们已经知道巴比是"奥西里斯的长子"，也知道在《荷鲁斯和塞特之争》中，他曾深深冒犯了全部之主（见第4章）。

浆环"时，你必须提醒他，"巴比嘴唇上挂的水珠是她的木板，塞特尾巴下面的毛发是她的尾端件，巴比肋骨上的汗珠是她的护舷材，以女性身份出现的荷鲁斯的手是她的浆环。荷鲁斯之眼把她建造，它会为我掌舵"。

根据《亡灵书》，马哈夫之后又会担心没有人来保护他的船，对此你应该说有（不明身份的）塞奈姆提动物（senemty-animal）。再后来，马哈夫会认为天气多风，而船却没有桅杆。你该回应说，你会带来巴比的阴茎，因为它能很好地完成这项工作。过了一段时间，马哈夫动了慈悲之心，离开去接阿肯。（"发生了什么？"阿肯会说，"我在睡觉。"）阿肯可不是一个通情达理的救星，他提出他自己的问题，比如说没有水瓢，让你像往常一样提出解决方案。即使船最终来到你面前，你的问题还没有结束：在你航行之前，需要说出船的每个组件的名字。

◀ 当地居民（即杜阿特的居民）▶

死后，你不仅要面对杜阿特那陌生的地理环境，应对陌生的守门恶魔，而且你身边的普通民众也是一群相当可怕的人。当你沿着各条道路行走的时候，你穿过被法术照亮的黑暗的时候，你可能会遇到一些头朝后长、眼睛长在膝盖上的生物，他们是因割下他人脑袋而闻名的恶魔。反叛的敌人也是危险的来源，所以，除了你的服装、便鞋、长杖和缠腰布外，《亡灵书》还敦促你带上所有的武器，来砍断他们的脖子。基本来说，你遇到的任何生物都可能是敌人，但只要你知道恶魔的名字，你就可以控制他，把他从威胁者变成保护者。这样，像名为"烧毁反叛者的那位""取心为食者""浴血而舞者""斩杀人类者"这样的众神，也变得不那么吓人了。

邪恶的动物也会带来干扰，死者需要在大匕首或长矛的帮助下，借用咒语的力量击败它们。鳄鱼可能会夺走你的法术能力，所以，如果你被以不知疲倦的星星为食者带领的一组八条鳄鱼所包围的时候，你应该用矛击败它们。像往常一样，当面对威胁的时候，知道敌人的名字就占了上风。"回去！走开！回去，你，危险者！"咒语 31 叙述了遭遇一只鳄鱼的情况，"不要过来对付我，不要依靠我的法术而活着，愿我不必把你的名字告诉派遣你来的大神，你的一个名字叫'使节'，另外一个叫'大汤勺'（Bedty）"。[14]

还有一些邪恶的蛇，包括拉瑞克蛇，你要对它说："拉瑞克蛇，走吧，因为盖伯保护着我；起来吧，因为你已经吃下了一只拉神讨厌的老鼠，而且你已经嚼食了一只腐烂的猫的骨头。"[15] 一条蛇咬着一只驴，它被称为"吞下驴者"。其他时候，你必须与阿波斐斯作战，假定你自己是与之作战的拉神。在你的旅程中，你也可能会受到阿普塞虫（apshai-beetle）的纠缠，击退他的咒语是："从我身边走开吧，哦，弯曲的嘴巴！我是把众神的话传给拉神的潘什努之主克努姆，我向他们

杜阿特不是手无寸铁者可以进入的地方。在这里，那赫特用匕首与讨厌的阿普塞虫作战，与三条鳄鱼和一条名为"吞下驴者"的蛇斗争。

的主人报告事情。"[16]

也有一些来世的恶魔，他们试图诱惑你远离你的马阿特行为，而不是试图直接（再次）杀死你。需留神提防的此类恶魔中的一个，就是负责敌对死者膳食的盖布加，他通常被描述为一只黑乌鸦。他以粪便为食，说这是荷鲁斯和塞特的粪便（因此可能不那么糟糕），试图诱惑你也吃粪便。这种诱惑是一个常见的主题。在《棺文》中，死者曾经被诱惑去吃从奥西里斯臀部排出的粪便。这反映了一个颠倒的世界，这是杜阿特的一个常见的特征，但你必须拒绝。

你遇到恶魔雅奥，它是颠倒的活人世界的化身。他以粪便为食，喝尿液，双腿之间有一个舌头，嘴里有一个阴茎。据说，在存在诞生之前，雅奥已经在创造者的腹中了。他最终像排泄物一样被排出来，成为所有负面事物的化身。

塞日姆

塞日姆是一位要与之交好而非与之为敌的神明。他是一位酿葡萄酒、榨油的神，你可能会期望他是杜阿特中一个快活的存在。也许他是这样的，但是，他也会把他的压榨用在更加血腥的用途上，比如挤压那些被诅咒者的脑袋。他还屠宰并烹饪众神，以便国王可以吃他们的身体、吸收他们的力量。另一方面，他也为众神提供了香料。

对你的审判和化身为阿赫的生命

在通过杜阿特的磨难之后，你现在到达了你的最终目的地——奥西里斯的审判大厅，该厅叫作双正义大厅。在这里，你会被询问，并被要求说出大厅大门的所有部件的名称，例如，门柱阻止你说："除非你说出我们的名字，否则我们不会让你进。"你可以回答说："'托特的铅锤'是你的名字。"之后，这一入口问你要向哪个神通报。

"请向两土地的翻译员通报"，你应该这样回答。

"谁是两土地的翻译员？"

"托特。"

也许是听到了自己的名字，托特现在开始进一步问询你。

"现在，"托特说，"你为什么来？"

"我来这里进行汇报，"你回复说。

"你的情况如何？"

"我没有任何错误行为，我避免加入那些争执者，我不是其中之一。"

"我应该将你向谁通报呢？"

"向这样的人：他的房子的屋顶是火，房子的墙壁是活的眼镜蛇，房子的地板在洪水中。"

"他是谁？"

"他是奥西里斯。"

"往前走吧，你被宣布觐见，荷鲁斯之眼是你的面包，荷鲁斯之眼是你的啤酒，荷鲁斯之眼是你在尘世的祭品。"[1]

◀ 奥西里斯的审判和四十二位大神的委员会 ▶

你在尘世服侍的所有神明，〔现在〕你面对面看到了。[2]

——涅斐尔霍特普坟墓中的《竖琴师之歌》

审判时间。穿着白色的衣服和便鞋，涂上没药，画着黑色的眼影，你被阿努比斯护送进入双正义大厅。你很快会看出，该大厅被安排得像一座神殿：它的屋顶由柱子支撑着，它的墙壁上半部装饰着马阿特羽毛、直立的活眼镜蛇。四十二位手持匕首的木乃伊状的神在大厅两侧蹲坐着；人、鳄鱼、蛇和狮子凝视着前方，他们头顶上都戴着假发，其上有一根马阿特羽毛。而在大厅的中央，还有更多更显赫的神，庄重地看着你的到来。你立马从朱鹭脑袋认出了托特，他站在离你最近的地方，手持书吏的调色板，随时准备记录你的审判结果。在较远的一边，裹着亚麻布的绿皮肤的奥西里斯，手持权杖和连枷，坐在罩棚（可经台阶进入）下的王座上，静静地观看着诉讼。他的姊妹伊西丝和涅斐瑞提斯站在他身后。身处这样的强大力量之下，够让人胆战心惊了，而可怕的动物阿米特，更会吓得你手腿发抖。这头野兽长着鳄鱼的头、豹或狮子的躯干和河马的后肢——这些部位都来自那些让人害怕的动物，它蹲卧在秤的旁边。如果你生命中的罪行比马阿特的羽毛要重的话，它随时都会把你吞掉。她的嘴张开着，她的牙齿都露出来了。她看起来很饿。

奥西里斯凝视着你，你首先向这位正义之主宣布你是无辜的。你要说，你没有欺骗过别人，没有剥夺过孤儿的财产，没有做过神憎恨

奥西里斯（最左）监视死者（最右，正举手赞美神）心脏称重的过程。

的事，没有杀过人或下过杀人的命令，等等。你以崇拜的姿势举起胳膊，接下来依次走到四十二位陪审的神面前，这些神明"以那些喜爱邪恶者为食，吞噬他们的血液"[3]。你得说出每个神的名字并陈述你没有犯下的一项具体的罪行。"哦，从赫利奥波利斯来的驰行者，我没有做过欺瞒之事，"[4]你对第一位神明说。"哦，从凯拉哈来的拥火者，我没有抢劫过，"[5]你对下一位神明说。诸如此类。对赫尔摩波利斯的大鼻子说，你不贪婪；对莱托波里斯的火眼说，你没有做任何不公平的事；对赫拉克利奥波利斯的破骨者说，你没有说过谎；对三十法庭的内脏食用者说，你没有犯过伪证罪。在四十二种罪过中，有喋喋不休、愠怒、偷窃面包、行为不端、窃听、不耐烦、大声喧哗，以及（听起来更为严重的）杀死一头圣公牛、在你的城市亵渎神灵、对国王施魔法。最后，为了完全澄清自己未曾犯过这些罪行，你再次声明你是清白的，这次是对大厅里所有的神明说的，并且高兴地（也许是非常兴高采烈地）提醒他们说，你"吞噬了真理"。

　　一旦你安抚好了四十二位神明，便是时候再次站在奥西里斯面前了。阿努比斯立起了秤，现在，以狒狒样子现身的托特蹲在秤中间的杆顶上（或者也许是在旁边）。你的心脏毫无痛苦地离开你的身体，轻轻地飘浮在左边的秤盘上。对于某些人来说，这可能是开始令人担忧

阿米特（右）耐心地等待托特记录死者的命运。

的时候，但幸运的是，你的木乃伊为可能出现不好情况的此时做好了充分的准备。刻写有咒语 30 的心形蜣螂护身符，被置于木乃伊中的你的真正的心脏上面，这会让你的心脏把你所有的不法行为神奇般地隐藏起来，而得以在奥西里斯面前留下无瑕疵的纪录。"不要站出来作证反对我"，咒语写道，它对心脏说，"不要在法庭上反对我，不要在秤的守护者面前敌视我……"[6]这样，你带着自信的微笑，看着你的心脏与马阿特的羽毛保持平衡，你的来世获得了保证。现在，以人身、朱鹭头的样子再次现身的托特，在他的纸草上写下了结果，转身向大九神团致辞。他说他已经判断出你的内心，说你的行为被认为是正义的。他特别指出，你没有从庙里拿走祭品，或在活着时没撒过谎。九神团对此深信不疑，认可了判决结果。荷鲁斯把你再次带到奥西里斯面前，告诉他说，你的心已经被证明是真实的，对任何神都没有犯过罪。托特已经记下了判决，九神团已经知道了，马阿特女神目睹此事。你应该会被赐予面包和啤酒，这样，如荷鲁斯的追随者们一样，你就获得了永恒。

现在轮到你直接对神说话了。

哦，西方之主，我就在你面前。我身体里没有恶行，我没有

塞贝肯萨夫的人脸心形蜣螂护身符。

蓄意撒过谎，也没有犯过其他罪行。哦，奥西里斯，请让我成为你宠幸的随从吧，让我成为善神宠幸的人，成为两土地之主喜爱的人……[7]

——《亡灵书》咒语 30B

众神现在宣布你是"真实的声音"、奥西里斯的追随者，而且相当善良地送还你的心脏。作为物质创造本身的阿图姆神，将花环戴在你的头上，然后，筋疲力竭但心情雀跃的你，终于可以自由地前进，从你进来的大门对面的大厅尽头的一扇门离开。

◄ 变成阿赫（变形了的灵魂）►

当在法庭赢了之后，你离开了审判大厅，成为一名受祝福的死者。你的巴和卡会与你再次结合在一起，你被宣布变成了一个阿赫（见第170页的专栏）。只有通过审判的人才拥有阿赫的形态，而不是所有的死者都能成为阿赫。未能通过杜阿特的人，他们不能与其巴、卡结合，因而会永远保持转变前的状态，他们被归类为"姆特"（意思是"死者"）。而经审判确定为不配变成阿赫的人，则会面临第二次死亡，他们会被阿米特的锋利牙齿和肠所消灭，或落入神的"屠宰场"中的

阿赫和敌人

每个埃及人的目标都是成为一个阿赫，而非"一个敌人"。

阿赫（复数为阿胡）一词很难翻译；它似乎不是指人的一种新的演化，而是赋予死者的一种状态。阿赫可以被视为一个与光明成为一体的人，它是荣耀者，具有真实的效力，是一种变形的存在，可以自由地抵达并居住在它想要去的任何地方，无论是与天空中或杜阿特中的神在一起，还是与尘世的活人在一起，都是能够实现的。

秩序的敌人不是那些被认为不值得获得祝福的人，而是一直以混沌代理人的身份存在着的那一类人。这些敌人经受的是持续的惩罚，而不是第二次死亡，他们被迫吃掉自己的粪便或头朝下走路。众神喝了他们的血，他们的肉被煮熟了。将敌人放在大锅里似乎是杜阿特中典型的惩罚方式，《洞穴书》中描绘了三口大锅，从地里伸出来的胳膊（名叫"毁灭之地的胳膊"）举着每口大锅。第一口大锅里有敌人的脑袋和心脏，第二口大锅里有捆着的被枭首的倒立的敌人，第三口大锅里有拉和奥西里斯的敌人的肉体、巴灵魂和影子。

两口大锅：左边的锅里煮着无头的身体，右边的锅里煮着心脏与脑袋。

"有着锋利手指……的奥西里斯的刽子手"手中，在杜阿特中被折磨一段时间后而被消灭掉。

涅斐尔塔丽玩塞奈特棋，象征着打败了她那看不见的对手——死亡。

◄ 现在做什么？ ►

现在你已经通过了奥西里斯的审判，安抚了神圣法庭的四十二位神，并且正式被宣布成为一个阿赫。"现在该做什么？"你可能会问。你可以在被造世界中不受阻碍地自由活动，现在你有许多选择，而这些选择不一定是相互排斥的。比如，你可以这样度过来世：你可以与太阳神一起旅行，在天空中驾驶他的船，并为他抵御所有侵略者；同时，你也可以进行献祭，与不知疲倦的星星混在一起。你可以进入九神团之中，变成像他们中任何一个的样子；或者在"双匕首之湖"的湖边安静地喝上一杯饮品，然后出发去绿松石之溪，去看神圣的布尔提（bulti）鱼和阿布都（abdju）鱼。你也有机会看到支撑托特和马阿特的台基的荷鲁斯。

作为阿赫，你也可以决定在奥西里斯王国度过一段时间，在他位于"美丽的西方"[8]的餐桌上用餐。你也可以在早上离开杜阿特，在靠近你的坟墓的地方打发时间，也许可以玩玩棋，只是晚上回到杜阿特来休息。你也可以加入裁决荷鲁斯和塞特之间的纠纷的众神法庭。然而，《亡灵书》中没有任何迹象表明，你可以与其他灵魂住一起——家人和朋友也不行，不过你可以去芦苇地（见下文）看望你的父母。你在杜阿特中唯一的同伴是众神，你已经在死亡中获得了神的特征。

你生活在众神之中，现在看起来像一个神：你的上身是由天青石做成的，你的头发乌黑，头发上点缀着天青石。因为你的脸上覆盖着嵌有天青石的黄金，所以看上去如拉神般光彩耀人。你也会穿上一件质地很好的亚麻布礼服，全身装饰着黄金。在死亡中，你的身体的各个部分也充满了神性，且与各种神明有了关联。你成为奥西里斯和拉，永恒地升起，成为光的源头。

◀ 芦苇地和祭品地 ▶

也许你在死亡中见过的最熟悉的地方就是芦苇地，《亡灵书》的咒语 109、110 对此地有着详细的描述和说明。这里有一部分地方是留给你的。穿过阻止不配进入者的大铁墙，作为包括太阳神的船在内的船队中的一员的你，乘船抵达了芦苇地。下船后，你会发现两棵大绿松石树，每天太阳从这两棵树中间升起。你向众神中的大九神团表达你的敬意，能亲自见到他们，你深感荣幸。然后，你沿着河流驶向你的农田，在这期间你通过许多丘陵和水路，其中一条水路名为"白色河马的水路"。你的《亡灵书》告诉你，这个地方有"一千里格（约 3900 至 7400 千米——编注）长，它的宽度未知。里边没有鱼，里面也没有蛇"[9]。当你沿着河流漂流时，你还会注意到被称为"净化女神之角"的水道，它的长度和宽度各有一千里格。

过了一段时间，你到达你的份地上。然而，你并不想亲自干活，你用你的巫术召唤来你的夏布提，他们是为你干所有农活的劳作者。放在坟墓中的夏布提雕像，应该刻有《亡灵书》中的咒语 6，以

芦苇地中的活动。

此来确保他们在来世保持忠诚并为你劳动。由于他们的辛勤劳作——在"东方人的灵魂"面前播下了种子，耕作了田地和收获了庄稼，大麦长到了 5 腕尺高，而二粒小麦长到了 7 腕尺高。在这个超自然的空间里，一个有助于生长的地方，你注意到你自己，现在站着有 9 腕尺高。在这里，所有美好的东西都富足有余，而且，生活中没有任何生

在杜阿特中为死者干活的夏布提。

物纠缠你。就像你在尘世那样，你可以耕种、收获、吃喝和性交，但是最好不要大喊 —— 显然这是被禁止的。监督完料理田地的夏布提，你接下来会造访大量的鹭，它们为你提供各种给养，包括食物和饮品。你再次出发，你将航行经过更多的丘陵和城市，其中许多有着不同寻常的名称，例如，伟大的女神之城、沼泽地、上好的祭品之城，给养城，牛奶女神之城和联合之城。直到到达肯凯奈特，你要在那里向父母致敬。你的最终目的地还是大九神团，它永远值得更多的赞扬。

◀ 杜阿特的故事 ▶

塞特那下降到杜阿特

尽管，严格来说，要想进入杜阿特，你必须是神明或死者，但那些拥有强大魔法的人可以打破自然规则。其中一个这样的人是斯 - 奥西拉 —— 塞特那和曼海薇斯克的儿子，他的冒险经历保存在抄录于公

> 但是芦苇地在哪里呢？
>
> 与埃及来世信仰的其他许多方面一样，在数千年的历史中，关于芦苇地所在之处的观念也在不断变化。起初，芦苇地在蜿蜒水道以南，即黄道以南的天空中，并被视为死者进入天空之前接受净化的地方。与之相对的是祭品地，此地位于黄道以北的天空中，这是死者渴望拜访的地方，划船可以抵达这里。到了新王国时代，芦苇地具有了祭品地的特征，现在被认为是在东方地平线之外的某个地方。《亡灵书》的咒语 110 甚至指出芦苇地在祭品地之中，这让我们更容易看到，到了新王国时代，这两个之前分开的地方是如何纠缠在了一起。

元 1 世纪的大英博物馆纸草第 604 号上。有一天，当塞特那在孟菲斯的家中净身准备庆祝节日时，他听到了外面的哭声。他从窗户望出去，看到人们正抬着一座有钱人的棺材通过街道，走向墓地。然后向下看去，他见到一个用席子裹着的穷人的尸体被带出了城，一片沉寂，没有人走在他身后。塞特那转向斯－奥西拉，大声向其喊道，这个富人的送葬队伍这样庞大，他一定要比那个一无所有的穷人幸福的多的多了。然而，出乎意料的是，斯－奥西拉回答说，他希望塞特那将来在西方拥有跟这位穷人一样的命运。对于他自己的儿子希望他有如此可怕的命运，塞特那当然会感到震惊和悲伤。但是，然后斯－奥西拉说了一件奇怪的事情，问他的父亲是否希望看一下在西方穷人和富人的命运。塞特那很惊讶地问道："你怎么能做到这事？"但是在他说话的时候，他变得迷迷糊糊，不知道自己在哪里。

当塞特那发现自己重新可以确定方位的时候，他正站在杜阿特的第四大厅中。在他的周围，人们正在编织绳索，而这些绳索又被驴子咬坏。水和面包等给养被挂在另一些人的上方，但当他们跳起来够食物的时候，有人就在他们的脚下挖坑。离开这些受苦受难的人，然后塞特那和斯－奥西拉进入了第五大厅，在那里，高贵的灵魂站在他们的队伍中。那些被指控暴力犯罪的人正在门外愿求着，门轴插在一个人的右眼中，这个人疼得直叫喊。塞特那和斯－奥西拉接着进入第六大厅，组成"西方居民委员会"的众神站在他们的队伍中，西方的仆人们站在那里进行汇报。

在第七大厅中，塞特那看到了奥西里斯的秘密样子，后者坐在上好的黄金做成的王座上，戴着阿太夫王冠。阿努比斯站在他的左边，托特在他的右边，而居民委员会里的众神则在他俩的旁边。马阿特的羽毛放在房间中央的秤上，被用来称量人们的错误和善行。托特观察并记录下了结果，而阿努比斯将消息传给了奥西里斯。那些恶行比善行多的人，会被阿米特吃掉，他们的巴灵魂和尸体会被毁掉，这样的人再也不会呼吸了。相反，那些被认为过好的生活的人，会被带入西方之主的委员会中，他们那有着高贵精神的巴灵魂会升入天空。善行和恶行一样多的人，会加入为索卡尔－奥西里斯服务的出色的灵魂之中。

当他们扫视大厅，观看周围的景象和听周围的声音时，塞特那发现奥西里斯旁边站着一名裹着国王才会穿的亚麻布的男子，显然他的地位非常高。塞特那走上前去仔细观察。

斯－奥西拉对他父亲说："你看到裹着一件国王才会穿的亚麻布衣服、靠近奥西里斯的那个人了吗？他就是你看到的那个穷人，那时他们把他从孟菲斯带出来，身后没有一个人，包裹他的只有一床席子。"[10] 斯－奥西拉继续解释说，死后这个可怜的人被带到了杜阿特，在那里他受到诸神的审判。他们发现他做的好事要比做的坏事多，于是把富人的陪葬品给了他。他是一个高贵的灵魂，现在他为索卡尔－奥西里斯服务，并被允许站在奥西里斯身边。

这个富有的人也被带到了杜阿特，斯－奥西拉说，但他的过错比他的善行要多。他被命令在西方接受惩罚，所以他的右眼成了西方的门轴，在疼痛的嚎叫中，他的嘴巴永远张开着。这就是斯－奥西拉希望他父亲在西方的最终命运与穷人的命运一样的原因所在。塞特那想知道更多，他向他的儿子询问他在杜阿特大厅里看到的其他人的情况。那些编织被驴子咬坏的绳子的人，对应着在尘世中被神诅咒的人，斯－奥西拉回答说，他们日夜为生计而工作，但他们的女人在背后抢劫他们，所以他们找不到面包吃。他们在尘世遭遇了什么，那么，在西方同样会遭遇什么。而另外一些人，他们的水和面包悬在他们上面，总是遥不可及，这对应着尘世里的这一些人：他们的生活就在眼前，但是，神在他们脚下挖了一个坑，以阻止他们找到它。

"记住吧，我的父亲塞特那，"斯－奥西拉说，"在尘世里他是一位仁慈的人，在西方，他们也会仁慈地对待他；而行事邪恶的人，他们对他也是邪恶的。这已经确立了〔并且不会改变〕。"[11]斯－奥西拉说完后，他和他的父亲携手出现在孟菲斯的墓地。

曼瑞拉进入杜阿特的旅程

尽管，对鬼魂（和斯－奥西拉）来说，他们既能在尘世生活，也能去到杜阿特，这似乎没有什么困难。但对于大多数人来说，离开杜阿特即使不是不可能，也是极其困难的。关于这一点的叙述，在《曼瑞拉的故事》中可以看到。故事发生在斯索贝克国王统治时期，保存在公元前 6 世纪末期的旺迪耶纸草上。曼瑞拉是一位熟练的魔法师和书吏，他的技术是那么娴熟，以致法老宫廷的魔法师对国王隐瞒了他的存在，因为他们担心，他可能会让他们丢掉饭碗。然而，一天晚上，法老生病了，他吃食物感觉如同嚼泥一样，他喝啤酒感觉像饮水一般，他满身是汗。他的魔法师们被召唤到他面前，他们看到法老时惊恐万分，并且想起了过去的一件事，当时杰德卡拉国王患过同样的病。他们在书籍中搜寻任何有用的信息，他们很快发现斯索贝克只剩下七天的寿命，并意识到唯一能够延长生命的人是曼瑞拉。嫉妒的魔法师第一次被迫向国王透露他的存在，但他们也明白这是永远除掉曼瑞拉的绝佳机会。

曼瑞拉被正式传唤到宫廷，法老问他如何延长生命。曼瑞拉开始哭泣，毫无疑问这让国王感到惊讶，曼瑞拉透过泪水解释说，为了延长法老的生命，他必须献出他自己的生命：无论发生什么，都会有人要死。曼瑞拉不愿意当斯索贝克的替身，把自己献给众神，因此在同意拯救国王之前，曼瑞拉需要理由来说服自己。事实上，法老不得不承诺赐给他死后的哀荣，并承诺把他的名字保存在寺庙中，他这才同意。曼瑞拉也主动要求某些好处作为对他献身的报答。他让法老在普塔赫面前发誓：他的妻子会得到照顾，任何人都不被允许看她或进入他的家。更凶恶的是，他要求杀死那些嫉妒的魔法师的孩子。因为那些魔法师在明知曼瑞拉会死去的情况下，还是毫不犹豫地告诉了国王有他的存在。法老同意了这两个要求。曼瑞拉满意地回到家中刮胡子，穿上一件精致的亚麻布长袍，为他的来世做准备。与此同时，法老前往赫利奥波利斯，向众神献祭，借此确保曼瑞拉的旅程安全。

接下来的文字出现了一大段中断。

当故事重新开始的时候，曼瑞拉正在向法老解释说，他会接近奥西里斯并以国王的名义祈祷。很明显，该是曼瑞拉离开的时候了。他让法老远离他，甚至都不要去看他，然后立即步入了杜阿特之中。在他抵达的一瞬间，在他甚至不能确定自己的方位之前，哈托尔女神就到了跟前，她热情地问候他，并问他想要什么。"请求延长法老的寿命，"他回答说，于是她就把他带到奥西里斯面前。大神免去了所有的客套话，向曼瑞拉询问了埃及神庙的状况，还有其他一些事情。只有当他对尘世的状况满意后，他才同意延长法老的寿命。然而，与此同时，他不允许曼瑞拉重返人间，要把他永远留在杜阿特中。

尽管曼瑞拉被困在杜阿特中，但是哈托尔当然没有这样的限制，她前往活人世界去庆祝她的一个节日。她一回来，曼瑞拉便急切地问她看到的所有事情——法老遵守诺言吗？不幸的是，她带回来的并不是一个好消息：法老让曼瑞拉的妻子成为他的王后，霸占他的房子，杀死了他的儿子。曼瑞拉对此非常吃惊，他泪流满面，他问道，法老怎么能以这种卑劣的方式行事。她的回复并不令人吃惊：嫉妒的魔法师怂恿法老这么做，他们用诡计操纵了懦弱的国王。曼瑞拉火冒三丈，脑子里充满复仇的想法，他抓起一把粘土，把它捏成一个男人的形状。他利用他的法力，让泥人活了，命令泥人去做自己所说的所有的事情，然后，派他到活人的世界去对付法老。

泥人一到宫廷，就来到法老面前，让法老把他的魔法师投到穆特女神的炉子中烧死。斯索贝克深感震惊，一动不动地坐着，愣在那里。过了一段时间（也许是在仔细考虑他那邪恶的行径），他召唤来他的魔法师，但没有人知道该说什么或做什么。在他们辩论期间，泥人一次又一次地重复他的要求，把这些人吓得心烦意乱。最终，面对超自然存在的要求（并且也许知道他总能找到新的魔法师），法老决定按照指示去做，处决了他的魔法师。泥人取得了胜利，拿着一束鲜花，回到了杜阿特，告诉曼瑞拉所发生的一切。欣喜若狂的曼瑞拉进行庆祝，并将他的花朵带给了奥西里斯。奥西里斯困惑不已，他问道："你去过人间了吗？"于是，曼瑞拉就把他那神奇的泥人的事说了一遍。

遗憾的是，这个故事的其余部分已经失传。

◀ 甚至众神也会死 ▶

尽管埃及人沉迷于永恒，但他们确实想象所有事物都会终结，甚至诸神也是如此。神的权威不仅受到地点或职司的限制，还受到时间的限制。就像被造的所有生物一样，神也有固定的寿命。然而，任何存在都被认为是周期性的。太阳神可能每天都会死亡，但在午夜他会重新焕发活力，准备在早晨重生。死亡是恢复活力过程中的一个阶段，因为只有通过死亡，虚弱和年老的人，才能恢复年轻的活力。

在最后的时刻，世界将重新回到努恩的水域之中。

这种多样性是创世的一个关键要素，它将世界从无限的、惰性的、未分化的努恩中分离出来。对埃及人来说，所有存在的东西都可以被命名，它们具有独特、独立、积极和多样的特征。与之相反的是不存在的、不活跃的、无差别的。那么，作为这个世界的一部分的众神，必然也是多样化的，必然是独一无二的，必然有其边界。死亡是最终的边界。虽然众神可能是强有力的存在，但是，像其他人一样，他们必须遵循同样的规则才能存在。

◀ 没错，这是世界末日（但你应该感觉很好）▶

我要摧毁我所创造的一切，这个世界将会重返水域（努恩）和洪水，就如最初的状态。[12]

——《亡灵书》咒语175

埃及人设想，在距今天数百万年之后的时间尽头，努恩之水会把被造的世界重新收回来。这是阿图姆本人发起的毁灭行为，这会让一切恢复到原来的状态。在这场灾难之后，只有阿图姆和奥西里斯会活下来。他们会变成蛇，对此，没有人会知道，也没有神会看到。在这个时候，他们会坐在一个地方，土丘会成为城镇，城镇会成为土丘。但是，前景并非完全黯淡。阿图姆和奥西里斯仍存在于努恩的惰性水域中，前者蕴含着所有的物质创造，后者内部流动着再生的力量。

就像一个内藏巨大悬念的结局，在时间的尽头，潜伏着新生命的可能。

吉萨的尼罗河洪水。

◀后 记▶

时间到了，埃及人以忠诚的头脑和勤勉的敬畏礼拜神明，看起来没有任何作用。他们所有的神圣崇拜都将落空，毫无声响地消失，因为神会从大地返回到天堂，而埃及将会被抛弃……哦，埃及，埃及，你那虔诚的行为将只存留在故事里，而这些故事会让你的孩子难以置信！只有那些刻在石头上的话会存留下来，讲述你的敬行……[1]

——《阿斯克勒庇俄斯》第24章

上述引文是一篇更长的哀悼文的一部分，出自公元2世纪或3世纪罗马治下居住在埃及的一位希腊人之手，它说明了在外来人统治时期的埃及人敏锐地意识到，他们的神的时代正在结束。诸如诗人尤维纳利斯这样的罗马人，甚至用讽刺的蔑视态度对待古代宗教："谁不知道精神错乱的埃及人珍爱的都是些什么怪物？"他写道，"有一部分人有着鳄鱼崇拜，有人向以蛇为食的朱鹭致敬，有的地方建了一个长尾圣猴的金色雕像神殿！"[2] 不久之后，随着民众先后皈依基督教和伊斯兰教，埃及诸神确实退出了他们的土地，许多神像被烧掉、被毁坏。此后，古埃及的古迹便一直在慢慢崩溃，众神的肖像遭到攻击，偶尔他们的庙宇也被用于新用途。石头上刻写的文字仍然存在，但它们的意义已经丧失了。

随着时间的流逝，古埃及人自己变成了神话式的存在。古埃及人和他们的世界（或者至少是凭我们支离破碎的知识构建出的古埃及世界）已经距离他们自己存在的时间越来越远，在人们的想象中，也早

随着时间的推移，埃及的古迹逐渐消失在沙土之下。

已从那种属于现世的日常存在的现实中剥离出来。它现在已经被世界各地的人接受，并且被改造以服务于想象者脑海中的任何目的。在这样的古埃及认知语境下，古埃及变成了一个神奇的地方，在这里任何事情都有可能发生——从尼罗河水变成血液的圣经记载，到斯芬克斯爪子下隐藏的密室——埃及与被定义为过去所发生的事件的那种历史脱离开来，变成了一个与今天的物理和限制无关的自己独有的世界。古埃及人被描绘成亚特兰蒂斯失落智慧的传承者、金字塔发电厂的建造者，以及外星人技术的拥有者。他们显然拥有了一切，但最确凿的证据揭示出的却是一幅远更简单的画面：这是一个被一小撮精英和一个半神君主剥削的存在时间很长的农业社会，这个社会发展出一套独特的观点和看法，并且像任何其他文明一样，也有高峰和低谷，并最终（如同所有的创造物一样）发生变化，进入新的阶段。

提及埃及，人们联想到的是：神圣的偶像化的法老，长期永存的

一个农业社会：采摘用于酿造葡萄酒的葡萄和准备晚餐所食用的鸟类。

金字塔，但图坦哈蒙和大金字塔并不是古埃及的全部，它们只是整个古埃及的小碎片而已。个别作家似乎意见相反，在他们的作品中，大金字塔在埃及文明中扮演着特别重要的角色，仿佛整个古代世界都围绕着金字塔那曾经闪闪发光的塔顶而存在。然而，忽略新时代人和这些个别理论家的幻想，即使在学者中间，古埃及本身仍然有点神秘。尽管新材料不断出现，但遗憾的是，古埃及离我们所处的时代太过遥远，关于当时的生活和事件的证据永远都不会完整而全面。因此，总是有必要去解释古埃及文明——特别是考虑到我们总会理想化地处理大多数的证据，而有解释的地方就会有想象，无论我们多么努力想排除它。

像追逐夕阳下正在消失的遥远的东西一样，我们根据古埃及人的影子，根据对沙地上留下的脚印的测量数据，来勾画古埃及人及其生活的图景。他们的真实自我可能仍然难以捉摸，遥不可及，但他们个性的力量刻在了废弃的个人所有物上，在他们壮丽的废墟中隐隐可见，并且在他们的神话中体现出来。从这些零散的碎片中，我们各自创造属于我们自己的古埃及仿真品，某些比其他一些更精确一点，某些更富有幻想一点。但是，所有人的创造都不是完整的，都是独一无二的。

大斯芬克斯和吉萨金字塔：埃及的标志性符号。

古埃及的神话总在不断变化，不断更新。

古埃及人持久痴迷于他们的名字和行为，因为如果你的名字没有说出来，你会遭遇第二次也是最终的死亡。我想象他们会因受到关注而感到困惑，但他们会将受到关注视为干得不错的标志。只要他们的名字继续被提及，他们哪里会在乎现代人认为大金字塔是在亚特兰蒂斯的技术支持下或是在外星人的帮助下建造的。古埃及人也许会感到不悦的是，现代人想要否认古埃及人创造出了这些成就，但只要他们能被记住，那么，主要目标就实现了。关于古埃及的现代神话非常好地实现了古埃及人的目的，它使得埃及人跨越时空来到我们面前，尽管旅途期间经过了过滤与重新调整，但仍然保留有他们身份的痕迹。像他们的神一样，古埃及人是看不见的、无形的，在今天，只能通过他们的雕刻和画像来感受他们。

他们将作为神话而继续存在。

◄ 延伸阅读 ►

JARCE = Journal of the American Research Center in Egypt

JEA = Journal of Egyptian Archaeology

埃及神话与宗教综合读物

David, R., *Religion and Magic in Ancient Egypt* (London and New York, 2002).

Dunand, F., and C. M. Zivie-Coche, *Gods and Men in Egypt: 3000 BCE to 395 CE* (transl. D. Lorton; Ithaca, NY, and London, 2004).

Hart, G., *Egyptian Myths* (London and Austin, 1990).

Hornung, E., *Conceptions of God in Ancient Egypt: The One and the Many* (transl. J. Baines; Ithaca, NY, 1982).

Meeks, D., and C. Favard-Meeks, *Daily Life of the Egyptian Gods* (transl. G. M. Goshgarian; London and Ithaca, NY, 1997).

Morenz, S., *Egyptian Religion* (Ithaca, 1973).

Pinch, G., *Handbook of Egyptian Mythology* (Santa Barbara, Denver, Oxford, 2002).

—, *Egyptian Mythology: A Guide to the Gods, Goddesses and Traditions of Ancient Egypt* (Oxford and Santa Barbara, 2002).

—, *Egyptian Mythology: A Very Short Introduction* (Oxford and New York, 2004).

Quirke, S., *Ancient Egyptian Religion* (London and New York, 2000).

Redford, D., (ed.), *The Oxford Encyclopedia of Ancient Egypt* (3 vols; Oxford and New York, 2001).

—, (ed.), *The Oxford Essential Guide to Egyptian Mythology* (Oxford, 2003).

Shafer, B. E., (ed.), *Religion in Ancient Egypt: Gods, Myths, and Personal Practice* (London and Ithaca, NY, 1991).

Shaw, I., and P. Nicholson, *The BM Dictionary of Ancient Egypt* (London, 1995).

Spence, L., *Ancient Egyptian Myths and Legends* (1915).

Thomas, A., *Egyptian Gods and Myths* (Aylesbury, 1986).

Tyldesley, J., *Myths and Legends of Ancient Egypt* (London, 2010).

Wilkinson, R. H., *The Complete Gods and Goddesses of Ancient Egypt* (London and New York, 2003).

原始文本及其译本

Allen, J. P., *The Ancient Egyptian Pyramid Texts* (Leiden and Boston, 2005).

Bakir, A. el-M., *The Cairo Calendar No. 86637* (Cairo, 1966).

Betz, H. D., *The Greek Magical Papyri in Translation Including the Demotic Spells* (Chicago and London, 1986).

Borghouts, J. F., *Ancient Egyptian Magical Texts* (Leiden, 1978).

Diodorus Siculus, *Library of History* (transl. C. H. Oldfather; Book I; London and New York, 1933).

Faulkner, R., O., *The Ancient Egyptian Coffin Texts* (3 vols; Warminster, 1972–78).

—, *The Ancient Egyptian Book of the Dead* (ed. C. Andrews; London and New York, 1985).

Lichtheim, M., *Ancient Egyptian Literature* (3 vols; Berkeley and London, 1975–80).

Manetho, *Aegyptiaca* (transl. W. G. Wadell; London, 1940).

Meeks, D., *Mythes et légendes du Delta d'après le papyrus Brooklyn 47.218.84* (Cairo, 2006).

Parkinson, R., *Voices from Ancient Egypt: An Anthology of Middle Kingdom Writings* (London and Norman, 1991).

Plutarch, *Moralia*. Vol. v: *Isis and Osiris* (transl. F. C. Babbitt; London and Cambridge, MA, 1936).

Simpson, W. K., et al., *The Literature of Ancient Egypt* (Cairo, 2003).

Smith, M., *Traversing Eternity: Texts for the Afterlife from Ptolemaic and Roman Egypt* (Oxford, 2009).

Vandier, J., *Le Papyrus Jumilhac* (Paris, 1961).

前言

Baines, J., 'Myth and Discourse: Myth, Gods, and the Early Written and Iconographic Record.' *Journal of Near Eastern Studies* 50 (1991), 81–105.

Tobin, V. A., 'Mytho-Theology of Ancient Egypt.' *JARCE* 25 (1988), 69–183.

第 1 章

Allen, J. P., *Genesis in Egypt: The Philosophy of Ancient Egyptian Creation* (New Haven, 1988).

Assmann, J., *Egyptian Solar Religion in the New Kingdom: Re, Amun and the Crisis of Polytheism* (transl. A. Alcock; London and New York, 1995).

Bickel, S., *La cosmogonie égyptienne: avant le nouvel empire* (Freiburg, 1994).

Borghouts, J. F., 'The Evil Eye of Apophis.' *JEA* 59 (1973), 114–50.

Faulkner, R. O., 'The Bremner-Rhind Papyrus: IV.' *JEA* 24 (1938), 41–53.

Iversen, E., 'The Cosmogony of the Shabaka Text' in S. Israelit-Groll (ed.), *Studies in Egyptology Presented to Miriam Lichtheim*. Vol. 1 (Jerusalem, 1990), 485–93.

Kemboly, M., *The Question of Evil in Ancient Egypt* (London, 2010).

Mathieu, B., 'Les hommes de larmes: A propos d'un jeu de mots mythique dans les textes de l'ancienne Egypte' in A. Guillaumont, *Hommages à François Daumas*. Vol. II (Montpellier, 1986), 499–509.

Morenz, L. D., 'On the Origin, Name, and Nature of an Ancient Egyptian Anti-God.' *Journal of Near Eastern Studies* 63 (2004), 201–5.

Moret, A., *Le rituel du culte divin journalier en Égypte: d'après les papyrus de Berlin et les textes du temple de Séti Ier, à Abydos* (Genf, 1902).

Saleh, A., 'The So-Called "Primeval Hill" and Other Related Elevations in Ancient Egyptian Mythology.' *Mitteilungen des Deutschen Archäologischen Instituts, Abteilung Kairo* 25 (1969), 110–20.

Sandman-Holmberg, M., *The God Ptah* (Lund, 1946).

Sauneron, S., *Le Temple d'Esna* (5 vols; Cairo, 1959–69).

Schlögl, H. A., *Der Gott Tatenen* (Freiburg, 1980).

Tower Hollis, S., 'Otiose Deities and the Ancient Egyptian Pantheon.' *JARCE* 35 (1998), 61–72.

West, S., 'The Greek Version of the Legend of Tefnut.' *JEA* 55 (1969), 161–83.

第 2 章

Beinlich, H., *Das Buch vom Fayum: Zum religiösen Eigenverständnis einer ägyptischen Landschaft* (Wiesbaden, 1991).

Fairman, H. W., 'The Myth of Horus at Edfu: I.' *JEA* 21 (1935), 26–36.

Goyon, G., 'Les travaux de Chou et les tribulations de Geb d'après Le Naos 2248 d'Ismaïlia.' *Kemi* 6 (1936), 1–42.

Guilhou, N., 'Myth of the Heavenly Cow' in J. Dieleman and W. Wendrich (eds), *UCLA Encyclopedia of Egyptology* (Los Angeles, 2010), http://digital2.library. ucla.edu/ viewItem.do?ark=21198/zz002311pm

Gutbub, A., *Textes Fondamentaux de la théologie de Kom Ombo* (Cairo, 1973).

Hornung, E., *Der ägyptische Mythos von der Himmelskuh: eine Ätiologie des Unvollkommenen* (Freiburg, 1982).

Junker, H., *Die Onurislegende* (Berlin, 1917).

Spiegelberg, W., *Der Ägyptische Mythus vom Sonnenauge, der Papyrus der Tierfabeln, Kufi. Nach dem Leidener demotischen Papyrus I 384* (Strassburg, 1917).

第 3 章

Caminos, R., 'Another Hieratic Manuscript from the Library of Pwerem Son of Ḳiḳi (Pap. B.M. 10288).' *JEA* 58 (1972), 205–24.

Daumas, F., 'Le sanatorium de Dendara.' *Bulletin de l'Institut français d'archéologie orientale* 56 (1957), 35–57.

Derchain, P. J., *Le Papyrus Salt 825 (B.M. 10051): Rituel pour la conservation de la vie en Égypte* (Brussels, 1965).

Faulkner, R. O., 'The Pregnancy of Isis.' *JEA* 54 (1968), 40–44.

—,'Coffin Texts Spell 313.' *JEA* 58 (1972), 91–94.

—, '"The Pregnancy of Isis", a Rejoinder.' *JEA* 59 (1973), 218–19.

Gardiner, A. H., *Hieratic Papyri in the BM* (2 vols; London, 1935).

Griffiths, J. G., *Plutarch's De Iside et Osiride* (Cardiff, 1970).

Moret, A., 'La légende d'Osiris à l'époque thébaine d'après l'hymne à Osiris du Louvre.' *Bulletin de l'Institut français d'archéologie orientale* 30 (1931), 725–50.

Osing, J., *Aspects de la culture pharaonique: Quatre leçons au Collège de France (février– mars, 1989)* (Paris, 1992).

Quack, J. F., 'Der pränatale Geschlechtsverkehr von Isis und Osiris sowie eine Notiz zum Alter des Osiris. ' *Studien zur altägyptischen Kultur* 32 (2004),

327–32.

Sauneron, S., 'Le rhume d' Anynakhté (Pap. Deir el-Médinéh 36).' *Kemi* 20 (1970), 7–18.

Tower Hollis, S., *The Ancient Egyptian 'Tale of Two Brothers': A mythological, Religious, Literary, and Historico-Political Study* (Oakville, 2008).

Troy, L., 'Have a Nice Day! Some Reflections on the Calendars of Good and Bad Days' in G. Englund (ed.), *The Religion of the Ancient Egyptians: Cognitive Structures and Popular Expressions* (Uppsala, 1989), 127–47.

Yoyotte, J., 'Une notice biographique de roi Osiris.' *Bulletin de l'Institut français d'archéologie orientale* 77 (1977), 145–49.

第 4 章

Blackman, A. M., and H. W. Fairman, 'The Myth of Horus at Edfu: II. C. The Triumph of Horus over His Enemies: A Sacred Drama.' *JEA* 29 (1943), 2–36

— and —, 'The Myth of Horus at Edfu: II. C. The Triumph of Horus over His Enemies: A Sacred Drama (Concluded).' *JEA* 30 (1944), 5–22.

Broze, M., *Les Aventures d'Horus et Seth dans le Papyrus Chester Beatty* I. (Leuven, 1996).

Colin, M., 'The Barque Sanctuary Project: Further Investigation of a Key Structure in the Egyptian Temple' in Z. Hawass and L. Pinch Brock, *Egyptology at the Dawn of the Twenty-First Century*. Vol. II (Cairo and New York, 2002), 181–86.

De Buck, A., *The Egyptian Coffin Texts*. Vol. I (Chicago, 1935).

Fairman, H. W., 'The Myth of Horus at Edfu: I.' *JEA* 21 (1935), 26–36.

Gardiner, A. H., 'Horus the Behdetite.' *JEA* 30 (1944), 23–60.

Goyon, J., *Le papyrus d'Imouthès fils de Psintaês au Metropolitan Museum of Art de New York (Papyrus MMA 35.9.21)* (New York, 1999).

Griffiths, J. G., *The Conflict of Horus and Seth from Egyptian and Classical Sources* (Liverpool, 1960).

—, '"The Pregnancy of Isis": A Comment.' *JEA* 56 (1970), 194–95.

Kurth, D., 'Über Horus, Isis und Osiris' in Ulrich Luft (ed.), *The Intellectual Heritage of Egypt. Studia Aegyptiaca* 14 (Budapest, 1992), 373–78.

O'Connell, R. H., 'The Emergence of Horus: An Analysis of Coffin Text Spell 148.' *JEA* 69 (1983), 66–87.

Scott, N. E., 'The Metternich Stela.' *Bulletin of the Metropolitan Museum of Art* 9 (1951), 201–17.

Shaw, G. J., *The Pharaoh: Life at Court and on Campaign* (London and New York, 2012).

Smith, M., 'The Reign of Seth' in L. Bareš, F. Coppens and K. Smoláriková (eds), *Egypt in Transition, Social and Religious Development of Egypt in the First Millenium BCE* (Prague, 2010), 396–430.

Swan Hall, E., 'Harpocrates and Other Child Deities in Ancient Egyptian Sculpture.' *JARCE* 14 (1977), 55–58.

第 5 章

Allen, J. P. 'The Egyptian Concept of the World' in D. O'Connor and S. Quirke (eds), *Mysterious Lands* (London and Portland, 2003), 23–30.

Fischer, H. G., 'The Cult and Nome of the Goddess Bat.' *JARCE* 1 (1962), 7–18.

Griffiths, J. G., 'Osiris and the Moon in Iconography.' *JEA* 62 (1976), 153–59.

Hornung, E., *The Ancient Egyptian Books of the Afterlife* (transl. D. Lorton; Ithaca, NY, and London, 1999).

Kees, H., *Ancient Egypt: A Cultural Topography* (transl. I. F. D. L. Morrow; London, 1961).

Raven, M. J., 'Magic and Symbolic Aspects of Certain Materials in Ancient Egypt.' *Varia Aegyptiaca* 4 (1989), 237–42.

Ritner, R. K., 'Anubis and the Lunar Disc.' *JEA* 71 (1985), 149–55.

Symons, S., *Ancient Egyptian Astronomy, Timekeeping and Cosmography in the New Kingdom* (Unpublished Doctoral thesis, University of Leicester, 1999).

Wells, R. A., 'The Mythology of Nut and the Birth of Ra.' *Studien zur altägyptischen Kultur* 19 (1992), 305–21.

第 6 章

Baines, J., 'Practical Religion and Piety.' *JEA* 73 (1987), 79–98.

Dawson, W. R., 'An Oracle Papyrus. B.M. 10335.' *JEA* 11 (1925), 247–48.

Eyre, C. J., 'Belief and the Dead in Pharaonic Egypt' in M. Poo (ed.), *Rethinking Ghosts in World Religions* (Leiden and Boston, 2009), 33–46.

Galán, J. M., 'Amenhotep Son of Hapu as Intermediary Between the People and

God' in Z. Hawass and L. Pinch Brock (eds), *Egyptology at the Dawn of the Twenty-First Century*. Vol. II (Cairo and New York, 2003), 221–29.

Lesko, L. H., (ed.), *Pharaoh's Workers, the Villagers of Deir El Medina* (Ithaca, NY, and London, 1994).

Montserrat, D., *Sex and Society in Graeco-Roman Egypt* (London and New York, 1963).

Parker, R. A., *A Saite Oracle Papyrus from Thebes from Thebes in the Brooklyn Museum (P. Brooklyn 47.218.3)* (Providence, 1962).

Quaegebeur, J., *Le dieu egyptien Shai dans la religion et l'onomastique* (Leuven, 1975).

Raven, M. J., *Egyptian Magic* (Cairo and New York, 2012).

Ray, J. D., 'An Inscribed Linen Plea from the Sacred Animal Necropolis, North Saqqara.' *JEA* 91 (2005), 171–79.

Ritner, R. K., 'O. Gardiner 363: A Spell Against Night Terrors.' *JARCE* 27 (1990), 25–41.

—,*The Mechanics of Ancient Egyptian Magical Practice* (Chicago, 1997).

—, 'Household Religion in Ancient Egypt' in J. Bodel and S. M. Olyan (eds), *Household and Family Religion in Antiquity* (Oxford and Malden, 2008), 171–96.

—, 'An Eternal Curse upon the Reader of These Lines (with Apologies to M. Puig)' in P. I. M. Kousoulis (ed.), *Ancient Egyptian Demonology, Studies on the Boundaries between the Demonic and the Divine in Egyptian Magic* (Leuven and Walpole, 2011), 3–24.

Ryholt, K., *The Story of Petese Son of Petetum and Seventy Other Good and Bad Stories (P. Petese)* (Copenhagen, 1999).

Sauneron, S., *The Priests of Ancient Egypt* (Ithaca, NY, and London, 2000).

Szpakowska, K., *Behind Closed Eyes, Dreams and Nightmares in Ancient Egypt* (Swansea, 2003).

—, *Daily Life in Ancient Egypt* (Malden and Oxford, 2008).

—, 'Demons in the Dark: Nightmares and other Nocturnal Enemies in Ancient Egypt' in P. I. M. Kousoulis (ed.), *Ancient Egyptian Demonology, Studies on the Boundaries between the Demonic and the Divine in Egyptian Magic* (Leuven and Walpole, 2011), 63–76.

Teeter, E., *Religion and Ritual in Ancient Egypt* (Cambridge and New York, 2011).

第 7 章

Assmann, J., *Death and Salvation in Ancient Egypt* (transl. D. Lorton; Ithaca and London, 2005).

Kemp, B. J., *How to Read the Egyptian Book of the Dead* (London, 2007; New York, 2008).

Robinson, P., '"As for them who know them, they shall find their paths": Speculations on Ritual Landscapes in the "Book of the Two Ways"' in D. O'Connor and S. Quirke (eds), *Mysterious Lands* (London and Portland, 2003), 139–59.

Spencer, A. J., *Death in Ancient Egypt* (Harmondsworth and New York, 1982).

Taylor, J. H., *Death and the Afterlife in Ancient Egypt* (London and Chicago, 2001).

—, *Journey Through the Afterlife: Ancient Egyptian Book of Dead* (London and Cambridge, MA, 2010).

第 8 章

Assmann, J., *The Mind of Egypt: History and Meaning in the Time of the Pharaohs* (New York and London, 2002).

—, *Ma'at: Gerechtigkeit und Unsterblichkeit im Alten Ägypten* (München, 2006).

Englund, G., *Akh – une notion religieuse dans l'Égypte pharaonique* (Uppsala, 1978).

Friedman, F., *On the Meaning of Akh (3H) in Egyptian Mortuary Texts* (Ann Arbor, 1983).

Lesko, L. H., 'The Field of Ḥetep in Egyptian Coffin Texts.' *JARCE* 9 (1971–72), 89–101.

后记

Copenhaver, B. P., *Hermetica. The Greek Corpus Hermeticum and the Latin Asclepius in a New English Translation* (Cambridge and New York, 1992).

Jeffreys, D., (ed.), *Views of Ancient Egypt since Napoleon Bonaparte: Imperialism, Colonialism, and Modern Appropriations* (London and Portland, 2003).

McDonald, S., and M. Rice (eds), *Consuming Ancient Egypt* (London, 2003).

Reid, D. M., *Whose Pharaohs? Archaeology, Museums and Egyptian National Identity from Napoleon to World War I* (Berkeley and London, 2002).

Riggs, C., 'Ancient Egypt in the Museum: Concepts and Constructions' in A. B. Lloyd (ed.), *A Companion to Ancient Egypt* (Oxford and Malden, 2010), 1129–53.

◄引文出处►

第 1 章

1. 莱顿纸草（一）第 350 号，Assmann, *Egyptian Solar Religion*, pp. 159, 141。

2. 莱顿纸草（一）第 350 号，Allen, *Genesis in Egypt*, p. 49。

3. 莱顿纸草（一）第 350 号，同上，p. 52。

4. 莱顿纸草（一）第 350 号，同上，p. 53。

5. 莱顿纸草（一）第 350 号，同上，p. 53。

6. 莱顿纸草（一）第 350 号，同上，p. 51。

7. 莱顿纸草（一）第 350 号，Assmann, *Egyptian Solar Religion*, p. 159。

8.《棺文》咒语 261，Allen, *Genesis in Egypt*, p. 37。

9. 莱顿纸草（一）第 350 号，Assmann, *Egyptian Solar Religion*, p. 141。

10.《棺文》咒语 80，Meeks and Favard-Meeks, *Daily Life of the Egyptian Gods*, p. 14。

11. 同上。

12. 同上。

13.《棺文》咒语 714，Allen, *Genesis in Egypt*, p. 13。

14.《棺文》咒语 1160，Allen, *Middle Egyptian*, p. 116。

15.《棺文》咒语 75，Allen, *Genesis in Egypt*, pp. 15–16。

16.《棺文》咒语 714，同上，p. 13。

17.《亡灵书》咒语 79，同上，p. 10。

18.《棺文》咒语 76，Faulkner, *Coffin Texts*, I, p. 78。

19.《棺文》咒语 80，同上，p. 83。

20.《亡灵书》咒语 17，改编自 Faulkner, *Book of the Dead*, p. 44。

21.《棺文》咒语 80，Faulkner, *Coffin Texts*, I, p. 85。

22. 布雷姆纳 – 莱因德纸草，Faulkner, *JEA* 24, p. 41。

23.《棺文》咒语 714，Hornung, *Conceptions of God in Ancient Egypt*, p. 150。

24.《对美里卡拉王的教谕》，列宁格勒纸草第 1116A 号、莫斯科纸草第 4658 号、卡尔斯伯格纸草第 6 号，Simpson et al. *The Literature of Ancient Egypt*，pp. 164–65。

25. 开罗纸草第 58038 号，Assmann，*Egyptian Solar Religion*，pp. 122–23。

26. 布雷姆纳－莱因德纸草第 32 栏第 17 行，Morenz，*Journal of Near Eastern Studies* 63，p. 205。

27. Plutarch，*Isis and Osiris*。改编自 Babbitt，*Moralia*，Vol. 5，p. 31。

28. 莱顿纸草（一）第 350 号，Allen，*Genesis in Egypt*，p. 51。

29. 同上，p. 52。

第 2 章

1. 本部分引文主要出自都灵纸草第 1993 号与 Borghouts，*Ancient Egyptian Magical Texts*，pp. 51–54。

2. 伊德富神庙的西围墙，Fairman，*JEA* 21，p. 28。

3. 本部分引文均出自《天牛书》，Lichtheim，*Ancient Egyptian Literature*，II，p. 198–199。

4. 本部分引文均出自《天牛书》，Simpson et al.，*The Literature of Ancient Egypt*，pp. 292–296。

5.《亡灵书》咒语 175，Kemboly，*The Question of Evil in Ancient Egypt*，p. 212。

6. 阿蒙摩斯石碑上记载的《奥西里斯大颂歌》，Lichtheim，*Ancient Egyptian Literature*，II，p. 83。

第 3 章

1.《金字塔文》咒语 532，Allen，*Pyramid Texts*，p. 165。

2.《金字塔文》咒语 478，同上，p. 279。

3.《金字塔文》咒语 606，改编自上书，p. 226。

4. 阿蒙摩斯石碑上记载的《奥西里斯大颂歌》，Lichtheim，*Ancient Egyptian Literature*，II，p. 83。

5. 朱密亚克纸草，Tower Hollis，*The Ancient Egyptian'Tale of Two Brothers'*，p. 196。

6. 朱密亚克纸草，Vandier，*Jumilhac*，p. 126。

第 4 章

1. 布雷姆纳·莱因德纸草的双鸢节（第 5 栏第 7 行），Smith in Bareš, Coppens, and Smoláriková, *Egypt in Transition*, p. 401。

2. 纽约大都会博物馆纸草第 35. 9. 21 号，Smith, *Traversing Eternity*, pp. 156–57。也见 Goyon, *Le papyrus d'Imouthès fils de Psintaês*, p. 86。

3. 阿蒙摩斯石碑上记载的《奥西里斯大颂歌》，Lichtheim, *Ancient Egyptian Literature*, II, p. 83。

4. 这段对话出自切斯特·贝蒂纸草（三），Borghouts, *Ancient Egyptian Magical Texts*, pp. 3–4。

5. 布达佩斯纸草第 51.1961 号，同上，p. 31。

6. 大英博物馆纸草第 10059 号，同上，pp. 24–25。

7. 本部分引文均出自梅特涅石碑，同上，pp. 62–65。

8. 朱密亚克纸草，Hollis, *Tale of Two Brothers*, p. 198。

9.《金字塔文》咒语 535，Allen, *Pyramid Texts*, pp. 102–3。

10. 本部分引文均出自切斯特·贝蒂纸草（一），Simpson et al., *The Literature of Ancient Egypt*, pp. 92–102。

11. 本部分引文均出自都灵纸草第 134 号，Griffiths, *The Conflict of Horus and Seth*, pp. 51–52。

12.《亡灵书》咒语 137A，Faulkner, *Book of the Dead*, p. 127。

13. 阿蒙摩斯石碑上记载的《奥西里斯大颂歌》，Lichtheim, *Ancient Egyptian Literature*, II, p. 84。

14. 阿蒙摩斯石碑上记载的《奥西里斯大颂歌》，同上，p. 85。

15. 索尔特纸草第 825 号，Smith in Bareš, Coppens, and Smoláriková, *Egypt in Transition*, p. 412。

16.《战胜塞特及其同伙的仪式》，卢浮宫纸草第 N3129 号、大英博物馆纸草 10252 号，同上，p. 413。

第 5 章

1.《金字塔文》咒语 273（《食人颂歌》），Hornung, *Conceptions of God in Ancient Egypt*, p. 131。

2.《棺文》咒语 80，Allen, *Genesis in Egypt*, p. 22。

3. 大英博物馆第 826 号（苏提和霍尔兄弟的石碑），改编自 Lichtheim, *Ancient Egyptian Literature*, II, p. 87。

4.《努特书》，Symons，*Ancient Egyptian Astronomy*，p. 168。

5. 拉美西斯四世的石碑，开罗埃及博物馆第 JE 48831 号，Ritner，*JEA 71*，p. 152。

6.《开罗历法》（开罗埃及博物馆第 JE 86637 号），Bakir，*The Cairo Calendar*，p. 107。

7.《哈皮颂歌》，Lichtheim，*Ancient Egyptian Literature*，I，p. 207。

8.《哈皮颂歌》，同上，p. 206。

9.《哈皮颂歌》，同上，p. 208。

10. 索尔特纸草第 825 号，Raven，*Egyptian Magic*，p. 64。

11.《开罗历法》（开罗埃及博物馆第 JE 86637 号），Bakir，*The Cairo Calendar*，p. 25。

第 6 章

1. 开罗埃及博物馆第 JE 44862 号，Galán in Hawass and Pinch Brock，*Egyptology at the Dawn of the Twenty-First Century*，II，p. 222。

2. 伦敦纸草第 121 号，参见 Betz，*The Greek Magical Papyri in Translation*，p. 136。

3. 切斯特·贝蒂纸草（三），Szpakowska，*Behind Closed Eyes*，p. 80。

4. 切斯特·贝蒂纸草（三），同上，p. 84。

5. 切斯特·贝蒂纸草（三），同上，p. 97。

6. 切斯特·贝蒂纸草（三），同上，p. 103。

7. 埃德温·史密斯纸草第 18 栏第 11—16 行（第 50 个病例），Borghouts，*Ancient Egyptian Magical Texts*，p. 15。

8.《开罗历法》（开罗埃及博物馆第 JE 86637 号），Bakir，*The Cairo Calendar*，p. 31。

9.《开罗历法》（开罗埃及博物馆第 JE 86637 号），同上，p. 36。

10.《两兄弟的故事》（达奥尔比尼纸草），Simpson et al.，*The Literature of Ancient Egypt*，p. 86。

11. Ryholt，*The Story of Petese Son of Petetum*，pp. 59，86。

12.《阿蒙颂歌》，莱顿纸草（一）第 350 号第 70 章，Dunand and Zivie-Coche，*Gods and Men in Ancient Egypt*，p. 139。

13. 莱顿纸草（一）第 348 号反面第 2 栏第 5—8 行，同上，p. 127。

14. 莱顿纸草（一）第 348 号，Borghouts，*Ancient Egyptian Magical Texts*，p. 22。

15. 加德纳陶片第 300 号、莱比锡陶片第 42 号、大英博物馆纸草第 10731 号，同上，pp. 17–18。

16.《伊那罗斯的故事》，克拉尔纸草，Ritner in Kousoulis，*Ancient Egyptian Demonology*，pp. 14–15。

17.《阿尼教谕》，Dunand and Zivie-Coche，*Gods and Men in Egypt*，p. 164。

18.《竖琴师之歌》（哈里斯纸草第 500 号和塞加拉的帕阿吞姆罕布坟墓），改编自 Lichtheim，*Ancient Egyptian Literature*，I，p. 196。

19. 赫斯特纸草第 14 栏第 10–13 行（第 216 个药方），Borghouts，*Ancient Egyptian Magical Texts*，p. 47。

第 7 章

1.《金字塔文》咒语 1975B，Hornung，*Conceptions of God in Ancient Egypt*，p. 160。

2.《亡灵书》咒语 154，Faulkner，*Book of the Dead*，p. 153。

3. 大英博物馆第 10018 号，Hornung，*Conceptions of God in Ancient Egypt*，p. 81。

4.《亡灵书》咒语 17，Kemp，*How to Read the Egyptian Book of the Dead*，p. 33。

5.《亡灵书》咒语 108，Faulkner，*Book of the Dead*，p. 101。

6.《亡灵书》咒语 153B，同上，p. 152。

7. 本专栏内引文均出自《亡灵书》咒语 189，同上，p. 188。

8.《亡灵书》咒语 144，同上，p. 135。

9.《亡灵书》咒语 146，同上，p. 136。

10. 同上。

11. 本部分引文均出自《亡灵书》咒语 149，同上，pp. 139, 144。

12. 下面的故事出自《亡灵书》咒语 99，改编自上书，pp. 90–98。

13.《金字塔文》咒语 1349，Allen，*Pyramid Texts*，p. 173。

14.《亡灵书》咒语 31，Faulkner，*Book of the Dead*，p. 56。

15.《亡灵书》咒语 33，Taylor，*Journey Through the Afterlife*，p. 186。

16.《亡灵书》咒语 36，Faulkner，*Book of the Dead*，p. 58。

第 8 章

1. 这段对话出自《亡灵书》咒语 125，Faulkner，*Book of the Dead*，p. 33。

2. 卢克索的涅斐尔霍特普坟墓中的《竖琴师之歌》，Assmann，*The Mind of*

Egypt，p. 170。

　　3.《亡灵书》咒语 125，Faulkner，*Book of the Dead*，p. 29。

　　4.《亡灵书》咒语 125，同上，p. 31。

　　5.《亡灵书》咒语 125，同上，pp. 31–32。

　　6.《亡灵书》咒语 30B，同上，p. 27。

　　7.《亡灵书》咒语 30B，同上，p. 28。

　　8.《亡灵书》咒语 17，同上，p. 44。

　　9.《乌塞尔哈的亡灵书》，大英博物馆第 EA 10009/3 号，Taylor，*Journey Through the Afterlife*，p. 255。

　　10.《塞特那与斯－奥西拉历险记》，大英博物馆纸草第 604 号，Simpson et al.，*The Literature of Ancient Egypt*，p. 474。

　　11.《塞特那与斯－奥西拉历险记》，大英博物馆纸草第 604 号，Simpson et al.，*The Literature of Ancient Egypt*，p. 476。

　　12.《亡灵书》咒语 175，Allen，*Genesis in Egypt*，p. 14。

后记

　　1.《阿斯克勒庇俄斯》第 24 章，Copenhaver，*Hermetica*，p. 81。

　　2. 尤维纳利斯：《第 15 首讽刺诗》，同上，p. xx。

◀译名对照表▶

A

阿拜多斯 Abydos

阿波斐斯 Apophis/Apepi

阿波罗 Apollo

阿佛洛狄忒 Aphrodite

阿赫（复数：阿胡）akh（akhu）

阿凯尔 Aker

阿肯 Aqen

阿米特 Ammit

阿蒙 Amun/Amen/Amon/Kamutef

《阿蒙大颂歌》 *Great Hymn to Amun*

阿蒙霍特普 Amenhotep

阿蒙摩斯 Amenmose

阿蒙涅特 Amunet

《阿姆杜阿特》 *Amduat*

阿娜特 Anat

《阿尼教谕》 *The Instruction of Ani*

阿努比斯 Anubis / Inpu

阿努凯特 Anuket/Anket

阿皮斯圣牛 Apis bull

阿什 Ash

阿什塔特 Astarte

阿斯克勒庇俄斯 Asclepius

阿太夫王冠 *atef*-crown

阿图姆 Atum

阿吞 Aten

埃尔艾什穆奈因 El-Ashmunein

埃尔拜拉蒙丘 Tell el-Balamun

爱富罗底德波里斯 Aphroditopolis

埃赫那吞 Akhenaten

《埃及史》 *Aegyptiaca*

埃勒凡泰尼 Elephantine

艾特菲赫 Atfih

奥努里斯 / 安胡尔 Onuris/Anhur/Inhert

奥西里斯 Osiris

《奥西里斯大颂歌》 *Great Hymn to Osiris*

B

巴（复数：巴乌）ba（bau）

巴比 Babi/Baba

巴胡 Bakhu

巴涅布杰丹特 Banebdjedet

八神团 Ogdoad

巴斯塔丘 Tell Basta

巴斯坦特 Bastet

巴特 Bat

白冠 White Crown

坂赫丹特 Behdet

坂努鸟 *benu*-bird

贝斯 Bes

比布鲁斯 Byblos

柏林纸草 Papyrus Berlin

布巴斯提斯 Bubastis

布鲁克林纸草 Papyrus Brooklyn

布托 Buto

布西里斯 Busiris

D

《大门书》*Book of Gates*

戴尔·埃尔美底那 Deir el-Medina

丹德拉 Dendera

丹普 Dep

得墨忒耳 Demeter

狄奥多罗斯 Diodorus Siculus

狄奥尼索斯 Dionysos

底比斯 Thebes

《地书》*Book of the Earth*

《洞穴书》*Book of Caverns*

杜阿姆坦夫 Duamutef

杜阿特 Duat

《都灵王名表》*Turin King List*

都灵纸草 Papyrus Turin

F

法尤姆 Faiyum

《法尤姆书》*Book of the Faiyum*

G

盖布加 Gebga

盖伯 Geb

盖赫塞特 Geheset

盖赫斯提 Gehesty

《棺文》*Coffin Texts*

H

哈 Ha

哈皮（荷鲁斯之子或洪水神）Hapy

哈特杰发乌 Hatdjefau

哈托尔 Hathor

哈托尔七女神 Seven Hathors

海尔拉曼薇菲 Herremenwyfy

海赫神 Heh-gods

海卡 Heka

海凯特 Heket/Heqat

海努塔维纸草 Papyrus of Henuttawy

海塞布 Heseb

海莎特 Hesat

昊海特 Hauhet

赫尔摩波利斯 Hermopolis

赫尔墨斯 Hermes

《赫尔墨斯文集》*Corpus Hermeticum*

赫淮斯托斯 Hephaistos

赫拉克利奥波利斯 Herakleopolis

赫利奥波利斯 Heliopolis

荷鲁斯 Horus

《荷鲁斯和塞特之争》*The Contendings of Horus and Seth*

赫蒙 Khmun

赫斯特纸草 Papyrus Hearst

红冠 Red Crown

胡 Hu

胡赫 Huh

J

祭品地 Field of Offerings

吉萨 Giza

杰德卡拉 Djedkare

《金字塔文》*Pyramid Texts*

九神团 Enneads

K

卡 *ka*

卡纳克 Karnak

凯贝赫塞努埃夫 Qebehsenuef

凯贝胡特 Qebehut

凯拉哈 Kheraha

凯迈特 *Kemet*

凯姆尼斯 Khemnis

凯普利 Khepri/Kheper

考凯特 Kauket

考姆翁布 Kom Ombo

克努姆 Khnum

科普托斯 Koptos/Coptos

肯凯奈特 Qenqenet

肯铁曼图 Khentiamentu

孔苏 Khonsu

库克 Kuk

L

拉 Re/Ra

拉 – 哈拉凯提 Re-Horakhety

拉美西斯 Ramesses

拉涅努坦特 Renenutet/Erenutet/Hermuthis

拉瑞克蛇 Rerek-Snake

拉斯维加 Reswedja

莱顿纸草 Papyrus Leiden

莱托波里斯 Letopolis

《两道书》*Book of Two Ways*

芦苇地 Field of Reeds

卢提 Ruty

罗斯陶 Rostau

M

马阿特 Maat

马尔卡塔 Malkata

马哈夫 Mahaf

马海斯 Mahes

马加 Maga

马内托 Manetho

曼芙丹特 Mafdet

曼海特 – 威瑞特 Mehet-Weret

曼海薇斯克 Meheweskhe

曼亨蛇 Mehen-snake

曼凯特 Mekhit

曼里伯 Merib

曼瑞拉 Meryre

曼瑞特珊格尔 Meretseger

曼斯海奈特 Meskhenet

门德斯 Mendes

孟菲斯 Memphis

敏 Min

莫伊利斯 Moeris

穆特 Mut

N

那赫特 Nakht

那奈菲尔卡普塔赫 Naneferkaptah

那瑞夫 Naref

奈特 Neith

瑙涅特 Naunet

涅布马阿特拉 Nebmaatre

涅彻尔（复数：涅彻如）*netjer*（*netjeru*）

涅底特 Nedyt

涅斐尔霍特普 Neferhotep

涅斐尔塔丽 Nefertari

涅斐尔图姆 Nefertum

涅斐提斯 Nephthys

涅海曼塔薇 Nehemetawy

涅赫伯特 Nekhbet

涅亨 Nekhen

涅姆提 Nemty/Anti

涅斯 Nesy

努布特 Nubt

努恩 Nun

努特 Nut

《努特书》*Book of Nut*

诺姆 Nome

P

帕 Pe

帕卡瑞提 Pekharety

帕凯特 Pakhet

帕辟一世 Pepi I

帕坦塞 Petese

潘尔－涅坂特－坦普－伊胡 Per Nebet Tep-ihu

潘什努 Peshnu

皮亚瑞特 Pi-Yaret

普鲁塔克 Plutarch

普塔赫 Ptah

Q

切斯特·贝蒂纸草 Papyrus Chester Beatty

S

萨弗特·埃尔－赫纳 Saft el-Henna

萨赫 Sah

萨卡 Saka

萨坦特 Satet

塞贝古 Sebegu

塞贝肯萨夫 Sebekemsaf

塞尔凯特 Serqet

塞赫曼特 Sekhmet

塞加拉 Saqqara

塞姆祭司 *Sem*-priest

塞奈特棋 *senet*

塞帕尔曼如 Sepermeru

塞帕乌特 *sepauwt*

塞日姆 Shezmu

塞莎特 Seshat

赛斯 Sais

塞特 Seth

塞特那－卡姆瓦塞特 Setna-Khaemwaset

塞提一世 Seti I

丧葬罐 canopic jars

舍瑞姆 Sherem

舒 Shu

《竖琴师之歌》*Harper's Song*

斯－奥西拉 Si-Osire

斯芬克斯 Sphinx

斯索贝克 Sisobek

索贝克 Sobek

索尔特纸草 Papyrus Salt

索卡尔 Sokar

索卡瑞特 Sokaret

索普丹特 Sopdet

索普都 Sopdu

T

塔比彻特 Tabitjet

塔坦能 Tatenen

塔维尔 Tawer

塔薇瑞特 Taweret/Thoueris

泰芬 Tefen

◄插图出处►

以下按页码排列，其中 f 为前言。

i Detail of the statue of Sesostris I from Lisht, now in the Metropolitan Museum of Art, New York. Drawn by Philip Winton; **ii** Wall painting from the 19th Dynasty tomb of Tawosret in the Valley of the Kings. Photo Richard Harwood; **f1** Detail from the Book of the Dead of Nakht. British Museum, London; **f2** Late Period cippus. Walters Art Museum, Baltimore; **f3** Detail from the Book of the Dead of Userhat. British Museum, London; **f6** Undated engraving. Bettmann/Corbis; **4** Detail from the Book of the Dead of Anhai. British Museum, London; **5** Detail from the sarcophagus of Wereshnefer. From *The Metropolitan Museum of Art Bulletin, vol. 9, no. 5,* May 1914; **6** Early 26th Dynasty pyramidion of Wedjahor, possibly from Abydos. The Trustees of the British Museum; **8** Wall painting from the 19th Dynasty tomb of Seti I at Abydos. Photo Jeremy Stafford-Deitsch; **11**（左）Wall painting from the 18th Dynasty tomb of Horemheb in the Valley of the Kings. Photo Claudia Stubler; **11**（右）Wall painting from the 20th Dynasty tomb of Montuherkhepeshef in the Valley of the Kings. Photo Tadao Ueno; **13** Wall painting from the 19th Dynasty tomb of Ramesses I in the Valley of the Kings. Francis Dzikowski/akg-images; **15** Wall painting from the 19th Dynasty tomb of Nefertari in the Valley of the Queens. S. Vannini/DeA Picture Library/The Art Archive; **16**（左）Drawn by Philip Winton; **16**（右）26th Dynasty statuette. British Museum, London; **17** Wall painting from the 19th Dynasty tomb of Siptah in the Valley of the Kings. Photo Richard Wilkinson; **19** Detail from the Book of the Dead of Nestanebtasheru. British Museum, London; **23** Wall painting from the 19th Dynasty tomb of Ramesses I in the Valley of the Kings. Francis Dzikowski/akg-images; **24** Wall painting from the 20th Dynasty tomb of Khaemwaset in the Valley of the Queens. Araldo de Luca/The Art Archive; **25** Wall painting from the 20th Dynasty tomb of Tausert (later of Setnakht) in the Valley of the Kings. Photo Wesley Mann; **26** Detail from the Book of the Dead of Ani. British Museum, London; **29** Wall painting from the 19th Dynasty tomb of Nefertari in the Valley of the Queens. Photo Marcelo Romano; **31** Wall painting from the 18th Dynasty tomb of Horemheb in the Valley of the Kings. Photo Yoshiko Ogawa; **33** Wall painting from the 19th Dynasty tomb of Nefertari in the Valley of the Queens. S. Vannini/DeA Picture Library/The Art Archive; **35** Late Period statuette group. Museum of Fine Arts, Budapest; **40** Undated bronze statuette. Williams College Museum of Art, Massachusetts; **43** 18th Dynasty statue. British Museum, London; **45** Drawing of the wall painting from the 19th Dynasty tomb of Seti in the Valley of the Kings. From James Henry Breasted, *A History of the Ancient Egyptians,* 1908; **48** 19th

Dynasty relief from the Great Hypostyle hall at Karnak. Werner Forman/Universal Images Group/Getty Images ; **51** Wall painting from the 19th Dynasty tomb of Sennedjem in the Valley of the Kings. Gianni Dagli Orti/The Art Archive; **52** Detail from the Book of the Dead of Hunefer. British Museum, London; **53** Detail from the Book of the Dead of Ani. British Museum, London; **57** Detail from a Graeco-Roman coffin. Metropolitan Museum of Art, New York; **59** Wall painting from the 19th Dynasty tomb of Sennedjem at Deir el-Medina. G. Lovera/DeA Picture Library/The Art Archive; **61** Roman Period scene from the Osiris Chapel in the Temple of Hathor at Dendera. Andrea Jemolo/akg-images; **65** 20th Dynasty statuette. Egyptian Museum, Cairo; **67** Wall painting from the 18th Dynasty tomb of Horemheb in the Valley of the Kings. Photo Richard Wilkinson; **71** Wall painting from the 19th Dynasty tomb of Nefertari in the Valley of the Queens. Photo Brad Miller; **75** Wall painting from the 20th Dynasty tomb of Montuherkhepeshef in the Valley of the Kings. Photo Tadao Ueno; **79** 18th Dynasty statuette. Egyptian Museum, Cairo; **82** Section of the Pyramid Texts inscribed in the Pyramid of Pepi I. Petrie Museum of Egyptian Archaeology, University College, London; **84** The Shabako Stone, 25th Dynasty. British Museum, London; **87** Wall painting from the 19th Dynasty tomb of Ramesses I in the Valley of the Kings. Andrea Jemolo/akg-images; **92** Detail from the Late Period sarcophagus of Wereshnefer. From *The Metropolitan Museum of Art Bulletin, vol. 9, no. 5,* May 1914; **93** Wall painting from the 19th Dynasty tomb of Nefertari in the Valley of the Queens. S. Vannini/DeA Picture Library/The Art Archive; **94** Roman Period relief from the Temple of Hathor at Dendera. Mountainpix/Shutterstock.com; **97** Detail from the Book of the Dead of Cheritwebeshet. Egyptian Museum, Cairo/Werner Forman Archive; **98** Relief from the Great Palace at Amarna. Egyptian Museum, Cairo; **99** Reconstruction of the Dendera Zodiac from the roof of the Osiris Chapel in the Temple of Hathor at Dendera. Drawn by Dominique Vivant Denon; **100** Wall painting from the 19th Dynasty tomb of Seti in the Valley of the Kings. DeAgostini/SuperStock; **102** Drawing of a wall painting from the temple at Deir el-Bahri. Drawn by Philip Winton; **103** Drawing of a Roman Period scene from the Temple of Hathor at Dendera. Drawn by Philip Winton; **105** Wall painting from the 18th Dynasty tomb of Thutmose III in the Valley of the Kings. Photo Asaf Braverman; **106** Undated statuette. Williams College Museum of Art, Massachusetts; **107** Wall painting from the 18th Dynasty tomb of Thutmose III in the Valley of the Kings. Photo José Acosta; **110** The Nile Delta from space. Jacques Descloitres, MODIS Land Science Team/NASA; **113** 18th Dynasty diadem of Tutankhamun. Egyptian Museum, Cairo; **115** 18th Dynasty statuette. Luxor Museum; **117** 19th Dynasty faience plaque. Egyptian Museum, Cairo; **118** Kochneva Tetyana/Shutterstock.com; **122** 18th Dynasty statue. Egyptian Museum, Cairo; **123** 18th Dynasty ear stela. The Trustees of the British Museum; **124** Wall painting from the 19th Dynasty temple of Seti at Abydos. Photo Garry J. Shaw; **125** Late Period statuette. Museum of Fine Arts, Budapest; **129** 19th Dynasty wooden bust, possibly from Deir el-Medina. Metropolitan Museum of Art, New York; **130** Graeco-Roman statuette. Egyptian Museum, Cairo; **132** 20th Dynasty stela. Egyptian Museum, Cairo/Gianni Dagli Orti/Corbis; **134** Drawn by Philip Winton; **137** 30th Dynasty stela. Metropolitan Museum of Art, New York; **146** Detail from the Book of the Dead of Henutawy. The Trustees of the British Museum; **147** Wall painting from the 18th Dynasty tomb of Tutankhamun in the

Valley of the Kings. François Guénet/akg-images; **148** Wall painting from the 19th Dynasty tomb of Irinufer in the Valley of the Kings. Photo Steve Gilmore; **149** Wall painting from the 19th Dynasty tomb of Nefertari in the Valley of the Queens. Photo Jerzy Nowak; **150** 21st Dynasty canopic jars. British Museum, London; **152** Detail from a 12th Dynasty coffin. British Museum, London; **154** Detail from the Book of the Dead of Nesitanebisheru. British Museum, London; **155** Detail from a 21st Dynasty coffin. British Museum, London; **156** Detail from the Book of the Dead of Ani. British Museum, London; **160** Detail from an anonymous the Book of the Dead. British Museum, London; **163** (上、左下、右下) Details from the Book of the Dead of Nakht. British Museum, London; **167** Detail from the Book of the Dead of Iahtesnakht. Universität zu Köln; **168** Detail from the Book of the Dead of Ani. British Museum, London; **169** 17th Dynasty scarab. British Museum, London; **170** Wall painting from the 20th Dynasty tomb of Ramesses VI in the Valley of the Kings. Photo Lien Le; **171** Wall painting from the 19th Dynasty tomb of Nefertari in the Valley of the Queens. DeAgostini/SuperStock; **173** Detail from the Book of the Dead of Anhai. British Museum, London; **174** 19th Dynasty *shabti* statuettes. British Museum, London; **180** Sphinx from Abu Simbel. Roger Wood/Corbis; **181** Matson Photograph Collection/Library of Congress, Washington, D. C.; **184** Colossus from Abu Simbel. Photo Maxime Du Camp; **185** Wall painting from the 18th Dynasty tomb of Nakht in the Valley of the Kings. Metropolitan Museum of Art, New York; **186** Library of Congress, Washington, D.C.